CHAQUE PIÈCE, 20 CENTIMES.
96ᵉ ET 97ᵉ LIVRAISONS.

THÉATRE CONTEMPORAIN ILLUSTRÉ

MICHEL LÉVY FRÈRES, ÉDITEURS,
RUE VIVIENNE, 2 BIS.

LES SEPT MERVEILLES DU Nᵒ 7

PARODIE - ÉLECTRO - PHYSICO - MAGNÉTICO - BURLESCO - FÉERICO - DRAMATICO - COMIQUE EN NEUF TABLEAUX
DONT UN PROLOGUE ET UN ENTR'ACTE

PAR

MM. CORMON ET EUGÈNE GRANGÉ

REPRÉSENTÉE POUR LA PREMIÈRE FOIS SUR LE THÉATRE DES FOLIES-DRAMATIQUES, LE 19 NOVEMBRE 1853.

DISTRIBUTION DE LA PIÈCE

FORNIGO....................	MM. Coutard.	MADAME CANARI....................	Mᵐᵉˢ Sophie.
FAGOTAS....................	Christian.	LARIFLA....................	Anais-Miria.
LE COLOSSE....................	Heuzey.	ALEXANDRINE,....................	Pélagie Colbrun.
BARBEROUSSE....................	Hoster.	DIANE....................	Césau.
JUPITER....................	Jeault.	SEMIRAMIS....................	Pauline-Jalby.
FANFAN....................	E. Vavasseur.	LIZA....................	Ferranti.
UN MONSIEUR....................	Desquels.	UNE PORTIERE, UNE INCONSOLABLE,..	Delisle.
UN COMMISSIONNAIRE....................	Halsberg.	UNE DANSEUSE....................	

Premier Tableau.

UN JEUNE HOMME CAUCHEMARDÉ.

Une rue.—Au fond, une vieille maison composée d'un seul étage, et portant le Nᵒ 7. — Dans le toit, la fenêtre d'une mansarde. — Face au public, la porte de la maison ; à gauche de cette porte, la lucarne de la portière, et à droite, deux fenêtres du rez-de-chaussée. — A droite du premier, au deuxième plan, la boutique d'un marchand de bouillon de la Compagnie hollandaise.

SCENE PREMIERE.

BARBEROUSSE, chargé d'une valise de voyage, d'un carton à chapeau, d'un parapluie, d'un coussin en caoutchouc, sortant de la maison du fond et s'adressant à des gens qu'on ne voit pas.

Air : *Ah ! ce cadet-là.*

En ce séjour,
Jusqu'à mon retour,
Gardez ma prisonnière.
Traquez ses pas

Et n'oubliez pas
Qu'en tout je suis austère,
Austère ! (*bis.*)
Dès le matin,
Que l'on ait l'œil au grain,
Aux amants que l'on fasse
La chasse !
Que, dès le soir,
Fidèle à son devoir,
Avec soin on calfeutre la place !
Pendant la nuit,
Qu'au moindre bruit,
On s'éveille
Et surveille...
Et, s'il vous reste des instants,
Donnez-vous du bon temps.

ENSEMBLE.
En ce séjour,
Jusqu'à mon retour, etc.

LE CHOEUR, *en dehors.*

En ce séjour,
Jusqu'à son retour,
Gardons la prisonnière.
Traquons ses pas,
Et n'oublions pas
Qu'en tout il est austère,
Austère ! (*bis.*)

BARBEROUSSE.

C'est bien !... Fermez la porte à triple tour et que personne ne pénètre en ces lieux sans papiers ! (La porte se ferme brusquement, on entend pousser les verrous avec fracas. — Barberousse descend la scène et à lui-même.) Me voilà tranquille !... Toutes mes mesures sont prises... mes recommandations et mes malles sont faites... Partons pour Beaugency !...

(L'orchestre joue l'air : Bon voyage, monsieur Dumollet.—Barberousse va pour sortir par la gauche et se heurte avec Fornigo qui entre la tête basse et les bras croisés .

SCÈNE II.

BARBEROUSSE, FORNIGO.

BARBEROUSSE,

Butor ! (Il sort.)

FORNIGO, criant,

Animal !...

BARBEROUSSE, revenant.

Vous avez dit?

FORNIGO,

J'ai dit : Animal !

BARBEROUSSE, lui saisissant le bras.

Ton nom?

FORNIGO, saisissant le bras de Barberousse,

Le vôtre?

BARBEROUSSE.

Barberousse.

FORNIGO.

Fornigo.

BARBEROUSSE.

Propriétaire du n° 7.

FORNIGO.

Domicilié à Charenton.

BARBEROUSSE.

C'est bon ! nous ne nous reverrons jamais ! (Il sort.)

SCÈNE III.

FORNIGO, seul, après l'avoir regardé s'éloigner d'un air pensif.

Non, tu ne me reverras jamais, ridicule matamore !... ni toi, ni d'autres... car, avant la fin du jour, comme dit Mercadet, je serai couché dans les draps humides de la Seine. (Dialoguant ce qu'il suit.) Ah ! bah ! — Parole d'honneur. — Et pourquoi? — J'm'embête. Depuis une quinzaine de jours, je broie du noir... j'ai le spleen... il y a des cheveux dans mon existence... Pour m'étourdir, j'ai essayé des distractions les plus folles et les plus variées... j'ai joué au loto... J'ai été voir l'hippopotame... je me suis posé les sangsues... Rien n'a fait... le mal est incurable !... Aussi, mon parti est pris. A sept heures précises, je fais le plongeon. (Tirant sa montre.) Six heures 55 !... j'ai encore le temps... A propos, je n'ai pas dîné... si, avant de casser ma pipe je commençais par casser une croûte... Oui, je ne veux rien changer à mes habitudes... Voici une Compagnie hollandaise... (D'un ton mélancolique.) Allons avaler mon avant-dernier bouillon.

AIR : *Sans murmurer.*

D'un consommé
Passons-nous le caprice.
Qu'il réjouisse
Un cœur envenimé.
Puisque la vie, ou triste, ou confortable,
Est un banquet, ne quittons pas la table
Sans consommé. (*bis.*)
(Fanfare de trompette en dehors.)

La foule se rue vers cette rue... Évitons la cohue !...

(Il entre dans la boutique du marchand de bouillon, en même temps que Fagotas arrive par la gauche, en jouant de la trompette.)

SCÈNE IV

FAGOTAS, BADAUDS DES DEUX SEXES.

CHOEUR.

AIR *de la Muette.*

Ah ! quel plaisir ! ah ! quel bonheur !

Entourons cet escamoteur !
Prêtons l'oreille à ses discours,
Et regardons ses jolis tours !

FAGOTAS, qui pendant le chœur a préparé sa table et ses gobelets d'escamoteur.)

Messieurs et mesdames, bonnes d'enfants et militaires, vous voyez en moi l'illustre Fagotas, natif de Carpentras et connu sur la place par ses tours de passe-passe. Depuis plus d'un siècle, mon nom retentit avantageusement dans toutes les capitales de l'Europe. —Mais, me direz-vous, quel âge as-tu donc? — J'ai 107 ans, messieurs ! oui, messieurs, 107 ans... Comme la liqueur de ce nom... de père en fils, bien entendu; car je suis incapable d'abuser de la simplicité des imbéciles qui m'honorent de leur confiance. —Mais, direz-vous encore : Fagotas, mon ami, que sais-tu faire?... Tout, Messieurs !... absolument tout !

AIR *de Don Quichotte.* (*Hervé.*)

La nécromancie,
La cartomancie,
La chiromancie,
Sont des jeux pour moi.
Du somnambulisme,
Et du galvanisme,
Et du magnétisme,
Vous voyez le roi.
Oui, du magnétisme,
Vous voyez le roi.
Subtil enchanteur,
Je fais filer une muscade.
Habile docteur,
J'ai su guérir plus d'un malade;
Et suis inventeur
D'une merveilleuse pommade
Pour rendre amoureux
Et faire pousser les cheveux.

Variant mes œuvres,
J'avale des clous,
Poignards et couleuvres,
Sabres et cailloux.
Je lis dans les astres
Comme dans la main,
Bonheur ou désastres,
Plaisir ou chagrin,
On m'entend prédire
Des fleurs au printemps,
Au cœur qui soupire,
Des amours constants.

Je sais la magie,
Et l'astrologie,
Et la chirurgie ;
Je sais plus encor :
Je suis bâtonniste,
Je suis botaniste,
Je suis alchimiste,
Et je fais de l'or.
Savant alchimiste,
Oui, je fais de l'or !

Je sais sur mon nez
Faire pivoter une chaise;
Aux yeux étonnés,
Me balancer sur un trapèze;
Puis, aux abonnés,
Pour peu que la chose leur plaise,
Froid opérateur,
J'arrache les dents sans douleur !
D'une double vue
Le ciel m'a doué ;
Et si, dans la rue,
Quelqu'un fut floué,
Vers moi qu'il s'avance ;
Je puis d'un seul coup,
Grâce à ma science,
Nommer le filou ;
Dire à la coquette

Ce qu'elle a vendu;
Dire à la gri-ette
Ce qu'elle a perdu.

La nécromancie,
La cartomancie,
La chiromancie,
Sont des jeux pour moi.
Du somnambulisme,
Et du galvanisme,
Et du magnétisme
Vous voyez le roi.
Oui, du magnétisme
Vous voyez le roi.
De plaire jaloux,
Mon art ne connaît pas d'obstacle.
Vite, approchez tous,
Vous allez crier au miracle.
Qu'attends-je, entre nous,
Pour commencer ce beau spectacle?
De chacun de vous,
La bagatelle de deux sous!

Oui, deux sous! deux sous par personne!... la bagatelle de deux sous!... Allons, messieurs et mesdames, courage à la poche!... (Les spectateurs s'en vont les uns après les autres.) Eh! bien, on s'en va!... (Voyant disparaître le dernier.) Plus personne!... (D'un air accablé.) Me voilà gentil!... Moi qui comptais sur la recette d'aujourd'hui pour payer à mon garni... et faire honneur à mes engagements... Je serais mis en faillite... mon nom retentirait devant le tribunal de commerce!... Eh bien, non!... non, nom d'un petit bonhomme, ça ne sera pas... et le premier jobard qui me tombe sous la patte... (Apercevant Fornigo qui sort du débit de bouillon.) Le jobard demandé!... Ah! sac à malice, il va payer pour les autres!...

SCÈNE V.

FAGOTAS, FORNIGO.

FORNIGO, à part.

L'eau chaude est avalée... Allons tâter de l'eau froide.
(Il va pour sortir.)

FAGOTAS, se plaçant devant lui.

Pardon, june homme!

FORNIGO.

Hein?... quoi?... qu'est-ce? qu'y a-t-il?

FAGOTAS.

Deux mots, s. v. p.

FORNIGO.

Que voulez-vous?

FAGOTAS.

Je veux vous dire votre bonne aventure.

FORNIGO, à lui-même.

Tiens! au fait, avant de mourir, je ne serais pas fâché de connaître ma destinée. (Tirant sa montre.) J'ai encore cinq minutes. (Il tend la main à Fagotas.) Ça va!

FAGOTAS, l'examinant.

Voulez-vous que je vous parle du passé?

FORNIGO.

Je le connais! Je suis fils d'un riche fabricant de briquets phosphoriques de Tonnerre, et je suis venu à Paris pour placer des échantillons.

FAGOTAS.

Alors, causons du présent.

FORNIGO

Je le connais aussi... Je suis amoureux et vexé.

FAGOTAS.

En ce cas, passons à l'avenir.

FORNIGO.

Je le connais également! Dans un instant, je me fiche à l'eau.

FAGOTAS.

Ce serait une boulette, et vous ne la ferez pas.

FORNIGO.

Je la ferai!

FAGOTAS.

Vous ne la ferez pas!... Vous *neyer* pour des peines de cœur!

FORNIGO, d'un air très-surpris.

Ah! bah! vous savez?...

FAGOTAS, avec emphase.

Je sais tout.

FORNIGO.

Alors je ne vous cacherai plus rien... C'était un jeudi... De camarades, pour fêter mon arrivée dans la capitale, m'avaient invité... à leur payer à dîner... On mangea du homard, on siffla du Pomard, et vers la fin du baltazar...

FAGOTAS.

Vous étiez pochard. Je le savais!

FORNIGO.

Quoiqu'un peu vaguement, je me rappelle très-bien qu'on me fit monter en fiacre... et, dès le premier cahot, je m'endormis profondément. A partir de ce moment, tout ce qui se passa tient du fantastique. Ai-je rêvé? ça m'est-il arrivé? je ne saurais le dire au juste. Quand je rouvris les yeux, j'étais dans un jardin enchanté, tout peuplé de délicieuses houris. Des sons mélodieux de clarinettes et de pistons charmaient mon oreille. Partout ce n'étaient que fleurs, becs de gaz et lanternes chinoises.

FAGOTAS, à part.

On l'avait conduit dans quelque bal champêtre.

FORNIGO.

Tout à coup, un prélude se fait entendre, et du fond d'un mystérieux bosquet, je vois apparaître une ravissante jeune fille... ou plutôt une fée... une sylphide... Fasciné, calciné, je m'élance vers elle... je me précipite à ses pieds, en m'écriant : une polka ou la mort!... O bonheur!... la vision, loin de se fâcher de mon audace, me sourit gracieusement... Elle me relève... m'enlace et me fait tourner avec elle... Mais bientôt la tête me tourne... Le grand air, la lumière, le saisissement, le ravissement me donnent un étourdissement... Mes jambes flageolent, je lâche mon idole, et perdant la boussole, je tombe évanoui sur le sol.

Air de *Guido et Ginevra.*

De mes souvenirs pleins d'ivresse,
Là, par malheur, se rompt le fil. (bis.)
Est-ce une femme, une déesse?
J'ignore son état civil. (bis).
Pendant le jour ou la nuit sombre,
Combien de fois je l'implorai!
Je ne saurais dire le nombre
Des fois qu'en vain je l'implorai.
Hélas! elle a fui comme une ombre
Sans me dire : Je reviendrai!
Hélas! elle a fui comme une ombre
Et n'a pas dit : Je reviendrai.

FAGOTAS.

Et vous ne savez rien de plus sur votre Dulcinée?

FORNIGO.

Rien! je ne connais d'elle que son image et que son nom qu'elle a tendrement murmuré à mon oreille... son nom charmant de Larifla.

FAGOTAS, à part.

Larifla!... la merveille de la Closerie des lilas et la pupille du propriétaire du numéro sept!... quel coup de dés!... (Haut.) Dites-moi, jeune provincial, si quelqu'un vous faisait retrouver votre objet, y aurait-il une récompense honnête?

FORNIGO.

Oh! à celui-là je donnerais ma fortune.

FAGOTAS.

A combien se monte-t-elle?

FORNIGO, tirant son argent de sa poche.

Neuf francs cinquante.

FAGOTAS.

Diable!... ce n'est guère... enfin, n'importe!
(Il prend l'argent.)

FORNIGO.

Eh bien! vous prenez mon argent?...

FAGOTAS.

Il faut bien que je prenne votre argent pour lire dans votre main.

FORNIGO.

C'est juste!

FAGOTAS, d'un air inspiré.

Fils de famille, calme ta douleur! celle que tu aimes te sera rendue.

FORNIGO.

Elle!

FAGOTAS.
Oui.

FORNIGO.
Se peut-il?

FAGOTAS.
Il se peut!

FORNIGO.
Par qui?

FAGOTAS.
Par moi.

FORNIGO.
Quand?

FAGOTAS.
Ce soir.

FORNIGO.
Où?

FAGOTAS.
Ici. A moi, puissance magnétique!... que Larifla cède à ma volonté!... qu'elle paraisse!...
(Faisant des passes magnétiques.)

Air : Viens, gentille dame.
Viens, belle captive ! (bis).
Ne suis pas rétive,
Parais à nos yeux !
Qu'ici mon fluide
T'amène et te guide !
Parais, je le veux ! (bis).
Je le veux!...
Je le veux!
Je le veux!..

(La fenêtre de la mansarde s'ouvre et Larifla paraît, tenant un bougeoir à la main.)

SCÈNE VI.

LES MÊMES, LARIFLA à la fenêtre.
LARIFLA, en état de somnambulisme.
Me v'là!

FORNIGO.
Que vois-je?...

FAGOTAS, à part.
Le tour est fait!

FORNIGO.
Larifla!...

LARIFLA, à part, portant la main à son cœur.
Mon jeune homme de la Closerie!...
(Elle semble éprouver un choc magnétique.)

FORNIGO.
Elle, dans cette tour!... dans cette tour, elle!... (A Larifla.) Parle, qui es-tu?

LARIFLA, du ton d'un écolier qui récite une leçon.
Je suis une victime du destin et d'un tuteur barbare.

FORNIGO.
Le monstre!... et que veut-il?

LARIFLA, de même.
Me forcer à lui donner mon cœur et ma main.

FORNIGO.
Oh! je t'arracherai à sa tyrannie!

LARIFLA, de même.
Cela n'est pas facile.

FORNIGO.
Pourquoi? (Larifla semble hésiter.) Réponds!

LARIFLA.
On m'a défendu de le dire.

FAGOTAS, lui envoyant du fluide
Réponds!... je le veux!...

LARIFLA, subissant un nouveau choc, et très-vite.
Avant de partir en voyage, il a fait mettre à ma porte sept serrures, et il a confié chacune des sept clefs à chacun de ses sept locataires, surnommées les Sept merveilles du numéro sept, en jurant que je n'appartiendrais qu'au mortel assez adroit et assez courageux pour s'attaquer aux Sept merveilles qui gardent les sept clefs qui ouvrent les sept serrures qui défendent la porte de cette tour. Voilà!

FORNIGO.
Je comprends!... Pour consentir à ton mariage, il exige un trousseau. Eh bien! ce trousseau, je l'aurai! ces sept clefs, je les subtiliserai!... ces Sept merveilles, je les enfoncerai!

LARIFLA.
Et si tu réussis, je t'appartiendrai!

Air : Larifla.
Adieu! jusqu'au revoir !
Bon courage et bonsoir !
Pour moi va te bûcher,
Je rentre me coucher.
Larifla, fla, fla,
Si tu sors de là,
Te remercira.
Larifla, fla, fla,
Et te bénira,
Et t'appartiendra !
(Elle disparaît et referme la fenêtre.)

SCÈNE VII.

FORNIGO, FAGOTAS.
FORNIGO.
Oh! v'oui, je me sens électrisé!... et je tenterai cette périlleuse entreprise.

FAGOTAS.
Méfiez-vous!... sept contre un!... la partie n'est pas égale!

FORNIGO.
Ça m'est égal!

FAGOTAS.
Ce Barberousse est un finaud... Pour engager chacun de ses porte-clefs à bien veiller sur son dépôt, il l'a pris par l'intérêt : à la portière, il a promis d'augmenter ses gages... aux autres de leur faire remise d'une année de loyer. Ils regimberont; il y aura peut-être des torgnoles à attraper.

FORNIGO.
N'importe! je me risque...

FAGOTAS.
Et moi, jeune baladin... (Se reprenant.) Non, jeune paladin, je serai là.

FORNIGO.
Pour partager mes dangers?

FAGOTAS.
Non! pour vous aider de mes conseils.

FORNIGO, lui serrant la main.
Merci!... mais comment pénétrer dans la citadelle?

FAGOTAS.
Par la porte.

FORNIGO.
Elle est fermée.

FAGOTAS.
Frappez!

FORNIGO.
C'est une idée!... (Allant frapper à la porte.) Ouvrez!... ouvrez à l'instant!... (Frappant plus fort et criant :) Porte, s'il vous plaît!... Eh bien! est-ce qu'ils sont sourds? (Frappant à tour de bras.) Ouvrez!... ou j'enfonce!
(Grand forte à l'orchestre. — Toutes les fenêtres de la maison s'ouvrent et six locataires paraissent. Les hommes sont en pot-en-l'air et en bonnet de coton. Les femmes en camisole et en bonnet de nuit.)

SCÈNE VIII.

LES MÊMES, LES SIX LOCATAIRES.
LES SEPT MERVEILLES.
Qu'y a-t-il?...

FAGOTAS, à Fornigo.
Les Sept merveilles du numéro sept!

FORNIGO.
Je n'en vois que six.

FAGOTAS.
Et le tuteur absent, ça fait sept.

LA PORTIÈRE.
Que voulez-vous?...

LE COLOSSE.
Que demandez-vous?

FAGOTAS, bas à Fornigo.
Soyez adroit!

FORNIGO, bas.
Oui! (haut.) Ce que je veux? Larifla!.. ce que je demande? vos clefs!

LES SEPT MERVEILLES.

Téméraire!...

FAGOTAS, à part.

Imbécile!

LE PÈRE JUPITER.

Tu oserais te frotter à nous?

FORNIGO.

Je l'oserai! Amour et passe-partout : voilà ma devise.
(Il frappe.)

LA PORTIÈRE.

Crains de nous échauffer les oreilles.

FORNIGO.

Je ne crains rien!
(Il frappe.)

LE COLOSSE.

Retire-toi à l'instant!

FORNIGO.

Jamais!
(Il frappe.)

LA PORTIÈRE.

Une fois, deux fois, trois fois, tu ne veux pas t'en aller?

FORNIGO.

Non!

LA PORTIÈRE.

Eh bien! voilà pour toi!
(A ces mots elle lui lance son balai dans les jambes. — Les autres font pleuvoir sur lui des choux, des carottes et autres projectiles. — La veuve Canari lui vide un pot d'eau sur la tête.)

FORNIGO, criant.

Ah!

Air : *De la rue de l'Homme armé.*

LES MERVEILLES.

Ah! crains notre fureur!
Entre nous c'est la guerre!
Hors d'ici, téméraire!
Crains notre bras vengeur!

FORNIGO et FAGOTAS.

Ah! vraiment quelle horreur!
me } faire ainsi la guerre!
lui }
Votre vaine colère
Augmente } mon } ardeur!
         } son }

Deuxième Tableau.

LE PHARE D'ALEXANDRINE.

Le théâtre représente l'allée de la maison. A droite, la porte d'entrée; au fond, à droite, la porte de la loge, au dessus de laquelle est écrit : *Parlez à la portière.* A gauche, également au fond, la cage de l'escalier. Entre la loge et l'escalier, un appareil pour monter et descendre la lanterne. Sur le devant, à gauche, une grande fontaine en osier et la porte de la cave. Demi-nuit.

SCÈNE PREMIERE.

ALEXANDRINE, seule, assise près d'un petit fourneau qu'elle est en train de souffler et sur lequel est placée une cafetière.

Je n'entends plus rien! le chenapan a déguerpi sans demander son reste... Et il a bien fait, le polisson!... oser se frotter à moi, la portière par excellence... une merveille d'incorruptibilité! (On frappe à la porte.) Quelqu'un! (Criant.) Qui est là?

VOIX en dehors.

C'est nous, voisine! ouvrez!

ALEXANDRINE, se levant.

Ah! ce sont mes collègues... les portières du voisinage. (Allant tirer le cordon.) Voilà, mesdames, voilà!

SCÈNE II.

ALEXANDRINE, LES PORTIÈRES portant chacune une lanterne. La scène s'éclaire.

CHOEUR.

Air : *Eh gai, mon officier.*

Eh! gai, gai, joyeux boute-en-train;
Commères
Et portières,
Eh! gai, gai, rions un p'tit brin
Aux dépens du prochain.

1re PORTIÈRE, à *Alexandrine.*

Salut à notre ancienne!

ALEXANDRINE.

Oui, c'est là mon orgueil;
Mais j'ai, bien qu'vot'doyenne,
Encor bon pied, bon œil!

ENSEMBLE.

Eh! gai, gai, etc.

ALEXANDRINE.

Madame Lofard... madame Chiffard... madame Soiffard... madame Piffard... tous les phares du quartier...

PREMIÈRE PORTIÈRE.

Qui viennent rendre visite au vôtre...

ALEXANDRINE.

Surnommé, de mon petit nom, le phare d'Alexandrine... Et vous avez pris vos lanternes...

DEUXIÈME PORTIÈRE.

Pour nous éclairer en route.

ALEXANDRINE.

On fait tant de démolitions dans ce Paris!

PREMIÈRE PORTIÈRE, regardant la lanterne placée au fond.

Tiens! vous n'êtes pas encore allumée.

ALEXANDRINE.

Non, je n'ai pas eu le temps.

PREMIÈRE PORTIÈRE.

Nous sommes venues tailler une petite bavette.

DEUXIÈME PORTIÈRE.

Et vous demander sans façons une tasse de thé.

ALEXANDRINE.

Justement, j'ai z'un restant de vulnéraire sur le feu.
(Elle va à son fourneau.)

TOUTES.

Va pour le vulnéraire!
(Elles posent à terre leurs lanternes.)

PREMIÈRE PORTIÈRE.

Ah çà, voisine, vous êtes donc indisposée?

ALEXANDRINE, revenant avec une cafetière et des tasses qu'elle pose sur une table.

Ne m'en parlez pas!... c'est la suite d'une révolution... d'une souleur que j'ai z'évute.

TOUTES.

Une souleur?...

ALEXANDRINE.

Vous savez ben c'tte clef que monsieur Barberousse, le *propil liétaire* de c't immeuble, m'a confiée.

TOUTES.

Eh bien?

ALEXANDRINE.

Eh bien! croireriez-vous que pas plus tard que tout à l'heure un téméraire s'est z'ingéré de me la subtiliser ainsi que celles des locataires de la maison.

TOUTES.

Est-il possible!

PREMIÈRE PORTIÈRE.

Et vous l'avez reçu?...

ALEXANDRINE.

A coup de manche à balai... et je crois qu'il n'a pas envie de revenir... mais c'tte algarade m'a tourné les sens... et j'avais besoin d'une légère infusion pour me remettre. (Prenant une tasse.) A vot' santé!

TOUTES.

A la vôtre, voisine!... au phare d'Alexandrine!

ALEXANDRINE.

Merci, merci, mes enfants... Eh! seigneur de Dieu, sans nous, sans nos lanternes, que deviendrait la sécurité d'un chacun?

Air : *Rifolet sans qu'il s'en doute.*

Le phare de la portière
Est un guide protecteur,
C'est l'ami du locataire
Et l'effroi du malfaiteur.
Comme celui du rivage,

Le fanal hospitalier
Sauve de plus d'un naufrage...
En vous montrant l'escalier.
En rentrant, c'est à ce phare
Qu'on allume, chaque soir,
Et le dandy son cigare,
Et le rentier son bougeoir.
L'hiver, tandis que madame
Se prélasse et danse au bal,
Le laquais peut, à sa flamme,
Lire un roman, un journal.
Il force à l'exactitude ;
Car, par rien il n'est séduit,
Et, fidèle à l'habitude,
Il s'éteint juste à minuit.
Par sa clarté, le scandale
Est, sans pitié, combattu ;
Il préserve la morale
Et protége la vertu.
Qu'un amoureux en cachette,
Le soir, veuille se glisser,
Ce phare est là qui l'arrête
Et l'empêche de passer.
Sans lui, que de coups atroces,
Que de gens seraient meurtris !
Enfin l'on verrait des bosses
Au front de bien des maris.
Le phare de la portière, etc. etc.

ENSEMBLE.

Le phare de la portière, etc.

*(Les portières reprennent leurs lanternes et vont pour sortir.
On entend frapper en dehors.)*

ALEXANDRINE.

Tiens !... qui peut venir à cette heure *indue* ? Tous les locataires sont rentrés. (On frappe de nouveau.) Si c'était encore mon galopin ?...

PREMIÈRE PORTIÈRE.

Bah ! que craignez-vous !... nous sommes en force.

ALEXANDRINE.

C'est juste.

SCÈNE III.

LES MÊMES, FORNIGO, en caricature anglaise de 1815 : très-gros, chapeau plat, longue redingote, culotte et guêtres du couleur noisette.

FORNIGO, à part.

Bigre ! du monde !... (Haut et avec l'accent anglais.) Pardon de déranger vôs.

TOUTES.

Un mylord !

FORNIGO.

Oh ! yes ! je étais un mylord et je descendais d'un mylord.

ALEXANDRINE, bas, aux autres.

Ça m'a l'air d'un homme cossu. (Haut.) Qu'y a-t-il pour votre service ?

FORNIGO.

Je désirais parler au portier.

ALEXANDRINE.

Le portier, c'est moi.

FORNIGO.

Ah ! ce était vôs le portier ! très-bien !... very well !... Alors, je vôlais parler à vôs.

ALEXANDRINE.

Parlez.

FORNIGO, répétant plus fort.

Je dis : je vôlais parler à vôs.

ALEXANDRINE.

J'entends parfaitement.

FORNIGO, frappant du pied.

Mais non !... vôs pas comprenir moi, terteiffle !

ALEXANDRINE, étonnée et à part.

Terteiffle !

FORNIGO.

Moi vouloir parler à vôs dans le tête-à-tête.

ALEXANDRINE, bas, aux autres.

Hum !... un *angliche* qui parle allemand, c'est louche ! (Haut.) Ces dames sont mes intimes.

PREMIÈRE PORTIÈRE.

Madame n'a pas de secrets pour nous.

ALEXANDRINE.

Expliquez-vous... ou filez.

FORNIGO, à part.

Filer ! merci ! et la clef !

ALEXANDRINE.

Voyons, à la fin des fins, quoi que vous demandez ?

FORNIGO, à part.

Prenons un prétexte pour gagner du temps ! (Haut, accent anglais.) Je voulais voir un appartement.

TOUTES.

Un appartement !

FORNIGO.

Yes ! moi arriver de le Angleterre et moi chercher un appartement pour loger moi.

ALEXANDRINE.

Faire voir des appartements à huit heures du soir... ça n'est pas l'usage !... D'ailleurs, nous n'avons rien à louer.

FORNIGO, à part.

Diable ! (Haut, accent anglais.) Alors, très-bien !... je prenais le loge à vôs.

ALEXANDRINE.

Comment, ma loge ?

FORNIGO.

Je prenais la chaise à vôs, je prenais le table à vôs, je prenais le lit à vôs.

ALEXANDRINE.

Mon lit !... par exemple ! (D'un air de pudeur offensée.) Môssieur !

FORNIGO.

Oh ! soyez tranquille !... Je prenais pour moi tout seul.

ALEXANDRINE.

Permettez...

FORNIGO.

Je payerai bien vôs.

ALEXANDRINE, sèchement.

Je ne loge pas en garni !... ainsi faites-moi le plaisir d'aller chercher un gîte ailleurs.

FORNIGO.

Et où voulez-vous que je cherche ?

ALEXANDRINE.

Où ça vous plaira.

FORNIGO.

Vous voulez que moi coucher à le belle étoile ?

ALEXANDRINE.

Ça ne me regarde pas !... Allons, allons, décampez !

FORNIGO.

Goddam !...

TOUTES, le poussant.

Décampez !... décampez !...

FORNIGO, s'oubliant.

Mais, nom d'un petit bonhomme !...

TOUTES, étonnées et à part.

Ah ! bah !...

ALEXANDRINE, bas, aux autres.

Nom d'un petit bonhomme !... c'est lui !... c'est mon gredin !

PREMIÈRE PORTIÈRE, bas.

Si nous donnions l'alarme...

ALEXANDRINE, bas.

Non !... je conçois un plan de vengeance pour me débarrasser de lui.

FORNIGO, à part.

Elles chuchotent ensemble !

PREMIÈRE PORTIÈRE, bas.

Un plan ?... et lequel ?

ALEXANDRINE, bas.

Chut ! dissimulons !...

FORNIGO, à part.

Soupçonnerait-elle quelque chose ?

ALEXANDRINE, se rapprochant de Fornigo, et avec force salutations.

Mylord...

FORNIGO, à part.

Elle ne soupçonne rien !

ALEXANDRINE.

Je vous ai peut-être un peu tarabusté.

FORNIGO, accent.

Oh! yes!... tarabiousté... beaucoup fort.

ALEXANDRINE.

C'est que le bourgeois m'avait défendu de montrer des appartements le soir... pour ne pas brûler de chandelle... il est si grigou!

FORNIGO.

Si grigou!

TOUTES, l'imitant.

Oh! yes!

ALEXANDRINE.

Mais j'ai toujours adoré les Anglais... et je ne veux pas vous
mettre dehors.

FORNIGO, à part.

Elle est dedans!

ALEXANDRINE.

J'ai justement de libre un petit logement de garçon...

FORNIGO, accent.

Fraîchement décoré?

ALEXANDRINE.

On ne peut plus fraîchement. (Bas aux portières.) La cave! (Haut.)
je vais vous y conduire.

FORNIGO.

Je remercie vôs! (A part.) Elle est dedans en plein!

ALEXANDRINE.

Venez!...
(Elle le prend par la main, en faisant des signes d'intelligence aux portières qui tournent autour de lui avec leurs lanternes.)

FORNIGO.

Eh! mais, je ne voyais pas l'appartement... Je voyais trente-six
chandelles.

ALEXANDRINE.

Vous y voyez trop clair?... (Aux portières.) Soufflez vos lanternes.
(Toutes les lanternes s'éteignent. — Nuit complète.)

FORNIGO.

Eh bien! que faisez-vous donc?... on n'y voit goutte!...

ALEXANDRINE.

Tant mieux!... nous ne risquerons pas d'être surpris par le
propilliétaire. — Suivez-moi.

FORNIGO.

Voilà!... (Il suit à tâtons Alexandrine, et se heurte contre la table.) Oh!... je
avais bosselé moi!

ALEXANDRINE.

Mais où allez-vous donc?... c'est par ici!...

FORNIGO.

Par ici?...
(Il suit Alexandrine qui le conduit vers la cave dont elle ouvre la porte.)

ALEXANDRINE.

Nà!... vous y v'là... allez!... n'ayez pas peur!... (Elle le pousse
dans la cave et retire vivement la clef.) Ça y est!

TOUTES LES PORTIÈRES, riant.

Ah! ah! ah!

ALEXANDRINE.

Pincé, mon bonhomme! (Bruit et cris dans la cave.) L'entendez-vous
qui dégringole!... M'en v'là débarrassée.

PREMIÈRE PORTIÈRE.

Et nous vous laissons.

ALEXANDRINE.

Au revoir, voisines.

TOUTES, se tournant vers la cave avec ironie.
Air : Bonsoir, monsieur Pantalon.
Bonsoir, monsieur le goddem !
Vous veniez nous faire la guerre ;
-Vous v'là pris dans la souricière.
Soupez gaîment, dormez idem !
Bonsoir, monsieur le goddem !
(Les portières sortent par le fond en riant,
(Alexandrine referme la porte.)

SCÈNE IV.

ALEXANDRINE, puis FORNIGO.

ALEXANDRINE, seule.

Ah çà, maintenant allumons la lanterne de la maison. (Elle prend
une allumette chimique sur la table, fait descendre la lanterne et l'allume tout en
parlant.) Je n'attends plus personne... mais ça ménagera mon
huile. (Montrant une clef qu'elle a prise dans la lanterne.) Le voilà cet objet
que le brigand voulait me chipper... c'est là-dedans que je le ca-
che... Viens donc l'y prendre, va-nu-pieds! (Elle remet la clef dans la
lanterne qu'elle remonte.) Comme il doit bisquer dans la cave!... ça
calmera ses idées de conquête. Enfin, l'important c'est que j'en
suis délivrée.

FORNIGO, passant la tête par la trappe qui est au milieu de l'allée.

Pas encore, la vieille !

ALEXANDRINE.

Ah! ciel! le revoilà par la trappe!

FORNIGO, sautant sur le théâtre.

Ça vous attrape!

ALEXANDRINE.

Sortez, scélérat! ou je crie au feu.

FORNIGO.

Calmez-vous!..., mon intention n'est pas de vous faire violence.

ALEXANDRINE.

Je l'espère bien.

FORNIGO, à part.

Tâchons de la corrompre. (Haut.) Écoutez-moi, concierge!..., vous
devez aimer à priser... je vous entretiendrai de Macouba, de Vir-
ginie, pour le restant de vos jours.

ALEXANDRINE, fièrement.

Monsieur! j'ai du bon tabac dans ma tabatière, et je me flanque
du vôtre.

FORNIGO.

Eh bien, je vous offre une paire de lunettes en écaille... un tar-
tan, un billet sans droit pour les Funambules, et un cent de mot-
tes à brûler pour votre chaufferette... et tout ça en échange de
cette clef.

ALEXANDRINE.

Cette clef?... jamais! je suis incorruptible.

FORNIGO.

Comme l'encre de la Petite Vertu?...

ALEXANDRINE.

Air de Fra-Diavolo (Voyez sur cette roche).
Je n'suis pas une portière
Comme on en voit dans Paul de Kock ;
Des passions bravant le choc,
Môssieu, je suis un bloc.
M'offririez-vous la terre,
Tout's'les truffes du Languedoc,
Et tous les chameaux du Maroc,
Je n'ferais pas ce troc.
Tremblez!.. En voyant ma binette,
Tout le quartier répète :
C'est un roc! (5 fois.)

FORNIGO, qui a compté sur les doigts.

Ça fait cinq rocs!... Ainsi, vous refusez?

ALEXANDRINE.

Net!

FORNIGO.

Eh bien, ça m'est égal! je m'implante, je m'incruste ici... et il
faudra bien qu'à la fin...

ALEXANDRINE.

A votre aise!... vous ne parviendrez pas à mettre ma surveil-
lance en défaut.

FORNIGO.

C'est ce que nous verrons.

ALEXANDRINE.

C'est tout vu.
(Elle s'assied à droite et prend son tricot.)

FORNIGO, à part.

Si je pouvais donc l'endormir par le procédé Fagotas...
(Il fait des passes magnétiques.)

ALEXANDRINE, le regardant du coin de l'œil.

Oui, va! fais tes singeries!... ça ne prendra pas, mon petit.

FORNIGO, à part.

Que faire?... quel moyen employer?... (Frappé d'une idée.) Ah! (il
tire une brochure de sa poche.) Oui... impossible qu'elle résiste. (Lisant le
titre.) Gusman le Brave. (Il ouvre la brochure et se met à lire. — Au bout
de cinq ou six vers, Alexandrine, qui a paru lutter quelques instants contre le sommeil, s'endort profondément. — A part.) Je crois que ça commence à

opérer... achevons-la. (Il lit encore deux vers. — Alexandrine ronfle bruyamment.) La voilà partie !... eh! vite, cherchons la clef... Où peut-elle l'avoir mise?

UNE GROSSE VOIX.

Dans la lanterne.

FORNIGO.

Hein?... d'où sort cette voix flûtée? N'importe, cette voix m'en ouvre une... suivons-la ! (Il se dirige vers la lanterne, puis s'arrête tout à coup.) Eh mais, que sens-je?... c'est étrange!... mes yeux se ferment comme si j'avais avalé une potée d'opium... Ah! sapristi !... je devine... ces vers que j'ai lus... ils ont fait coup double.

AIR : *Voilà le porteur d'eau.*
Sous la fontaine, avec courage,
Essayons de porter mon front....
Des gouttes d'eau sur le visage
Peut-être me réveilleront....
(*Il fait quelques pas et chancelle.*)
Mais non !... c'est en vain que j'. m'essouffle;
J'n'ai pas plus d'forc' qu'une pantoufle.
(*Il tombe.*)
Fatal sommeil !... guignon nouveau !...
J'donn'rais deux sous pour un verr' d'eau.
(*Il s'endort à moitié. — Le couvercle de la fontaine se lève et Fagotas passe la tête.*)
FAGOTAS, *achevant l'air.*
A l'eau (*bis*)
Voilà le porteur d'eau !
A l'eau ! (*bis*)
Oui, voilà le coco !

FORNIGO, revenant à lui.

Que vois-je?... la fontaine qui marche... qui approche...

FAGOTAS, d'un ton sentimental.

Bédam !... tu ne pouvais aller jusqu'à la fontaine, il est tout simple que la fontaine soit venue jusqu'à toi.

FORNIGO.

Fagotas! par quel hasard êtes-vous là-dedans?

FAGOTAS.

Je m'étais glissé avant vous dans cette maison, pour vous venir en aide au besoin... et ne trouvant pas d'autre cachette...

FORNIGO.

Je saisis.

FAGOTAS.

Débarbouillez-vous.

FORNIGO, après s'être lavé la figure.

Ah!... ça va mieux. (Se levant.) Mais comment allez-vous sortir de là ?

FAGOTAS.

J'ai le truc!...
(Il se laisse tomber dans les bras de Fornigo avec la fontaine, et lorsqu'elle est couchée il en sort.)

FORNIGO.

Ah ! c' truc!...

ALEXANDRINE, chantant en rêvant.
Petits oiseaux, venez sur ma fenêtre...

FORNIGO, effrayé.

Diable !... si elle allait se réveiller ?...

FAGOTAS.

Elle ne se réveillera pas. Aidez-moi. (Ils relèvent la fontaine et en couvrent Alexandrine.) Maintenant, vite, la clef.

FORNIGO.

Comment atteindre jusqu'à la lanterne? Je ne vois pas d'échelle assez longue...

FAGOTAS.

C'est le moment d'employer la courte échelle.
(Il se place contre le mur. — Fornigo monte sur ses épaules, ouvre la lanterne et prend la clef.)

FORNIGO.

Victoire !... je tiens la clef !

ALEXANDRINE, se réveillant et passant sa tête par le haut de la fontaine.
La clef !... ah! le gueux! (Criant.) Au voleur ! à la garde !...

FAGOTAS, qui est allé tirer le cordon.

Décarrons !

FORNIGO.

Filons vite!

FAGOTAS, lui faisant un pied de nez.

Enfoncé le phare d'Alexandrine!...
(Ils se sauvent. — La portière continue à pousser des cris de paon en détresse et le rideau tombe.)

LE TOMBEAU DE FIFI.

Un petit jardin. — Au fond, un mur devant lequel est une grande volière entourée par des rideaux fermés. — A l'extrémité gauche du mur, l'encoignure de la maison et une mansarde au second étage.

SCÈNE PREMIÈRE.

FIFINE, puis FAGOTAS et FORNIGO.

FIFINE, seule, occupée à épousseter la volière.

Ah ! la peste soit des vieilles folles qui ont des manies!... comme si je n'avais point déjà bien assez de faire le ménage, il faut encore que chaque matin j'épouss'te cette volière, que j'arrose ces fleurs. Ma maîtresse est toquée, foi' d'honnête fille !
(Elle se met à arroser.)

FAGOTAS, paraissant sur le mur, et à Fornigo qui le suit.

Par ici... enjambons.

FORNIGO, paraissant à son tour.

Il n'y a pas de chien ?

FAGOTAS.

Pas un chat.

FORNIGO.

Je me risque.

FAGOTAS, sautant.

Gare là dessous!...

FIFINE, effrayée, et jetant un cri.

Ah!... qu'est-ce que c'est que ça?

FORNIGO, encore sur le mur.

Chut!

FAGOTAS.

Tais-toi !...

FIFINE.

Air : *Que d'établissements nouveaux.*
Des hommes par dessus le mur !...
FORNIGO, sautant à son tour.
Allons, rassurez-vous, ma chère.
FAGOTAS.
Ne crains rien, notre cœur est pur.
FIFINE.
Mais vot' conduite n'est pas claire,
Vous introduire en tapinois,
Entrer ici par escalade,
C'est contraire à toutes les lois...
(*Montrant les plates-bandes qu'ils ont écrasées.*)
Et puis, ça détruit la salade.

FAGOTAS, lui donnant une pièce de monnaie.

Tiens, voici de l'or pour payer ton silence.

FIFINE, à part.

Vingt sous!

FAGOTAS, à Fornigo.

C'est deux francs que vous me devrez.

FORNIGO.

Quel intérêt il me porte !

FIFINE.

Mais enfin, qu'est-ce qui vous amène?

FORNIGO.

Nous voulions parler à votre bourgeoise.

FIFINE.

La veuve Canari ?

FORNIGO.

Et comme on refusait de nous ouvrir la porte...

FAGOTAS.

Nous avons pris le parti de monter à l'assaut.

FIFINE.

C'est peine perdue, allez !

FORNIGO.

Comment?

FAGOTAS.

Et pourquoi?

FIFINE.

Ma maîtresse ne veut recevoir personne.

FAGOTAS.

Ah çà, elle a donc l'humeur bien sauvage?

FIFINE.

Entre nous, je la crois un peu fêlée!... Elle passe sa vie à gémir, à larmoyer... c'est son seul agrément.

LA VEUVE CANARI.

Je le jure!

FAGOTAS, élevant le bras.

Regardez!...

(Fornigo approche la bouteille de la volière. —Des étincelles s'échappent, une détonation se fait entendre et tous les serins se mettent à voler.)

LES INCONSOLABLES, poussant un cri de joie et se précipitant vers la volière.

Ah!... vivants!... ressuscités!...

LA VEUVE CANARI, s'élançant vers la volière.

Fifi!... Fif... (S'arrêtant en regardant Fornigo.) Mais non, depuis qu'il m'a parlé, depuis qu'il m'a déclaré sa flamme... en fait de serins, je n'en aime plus qu'un seul... (Tombant dans les bras de Fornigo.) Et c'est toi!...

FORNIGO, à part.

J'aurai la clef!

FAGOTAS.

C'est un rossignol pour un serin.

(L'orchestre joue forté : Ah! le bel oiseau maman.)

Quatrième Tableau.

UN COLOSSE DE BÊTISE.

Une chambre transformée en un bassin dont les bords figurent des rochers couverts de plantes aquatiques. Le Colosse est debout à droite ; ses pieds sont posés sur deux rochers plus élevés que les autres. Il porte un costume de campagne et un grand chapeau de paille, il a des lunettes vertes, une pipe à la bouche, et à la main une ligne dont l'extrémité plonge dans le bassin.

SCÈNE PREMIÈRE.

LE COLOSSE, seul.

Air de la Vestale.

V'là qu'ça mord (*ter*) bleu !
Mieux qu'en pleine Seine,
On pêche ici sans nulle peine.
V'là qu'ça mord (*ter*) bleu !
Et j' pourrai dans peu
Mettre un' friture au feu !

Non!... non!... ça ne mord pas... Il y a pourtant de l'orage dans l'air... mais rien ne me presse et j'ai le temps d'attendre.

(Chantant.)

Le barbillon ne m'échappera pas.

Je n'ai point ici de rivaux à redouter comme jadis sous le pont des Arts, où il y a toujours des régiments de lignes!... Ah! l'on m'appelait alors le beau pêcheur!... tandis qu'aujourd'hui les quilles refusent le service... à force de prendre la goutte, la goutte a fini par me prendre; heureusement, il m'est venu une idée... Ne pouvant me rendre à la rivière, j'ai inventé la pêche à domicile... J'ai fait zinguer mon appartement... j'ai fait placer ici ce bassin à fond sablé... Et allez donc! je puis sans bouger de chez moi me livrer à ma distraction favorite.

Air : *Adieu, je vous fuis, bois charmant.*

De ce salon j'ai fait un lac ;
La pompe en fournit l'eau clairette,
Et ma ligne y donne le trac
A mainte carpe, mainte ablette.
Là, fixe au poste, sans broncher
Je goûte des plaisirs commodes,
Et l'on croit voir sur son rocher
Défunt le colosse de Rhodes.
Oui, je r'présent' sur son rocher
Défunt le colosse de Rhodes.

(On entend le bruit d'un petit grelot.)

Attention !...

(Reprenant l'air précédent.)

V'là qu' ça mord (*ter*) bleu !...

(Il s'interrompt.)

Non!... si!... ah! fichtre!... comme c'est lourd!... je dois avoir attrapé quelque grosse bête!... tirons bien adroitement.

FORNIGO, sans être vu.

Oh là! là! là!

LE COLOSSE, s'arrêtant tout surpris.

Quels sont ces sons?

SCÈNE II.

LE COLOSSE, FORNIGO, écartant une touffe de plantes aquatiques derrière lesquelles il était caché, et montrant sa tête au-dessus de l'eau. La ligne est prise dans ses cheveux.

FORNIGO, à part.

Ah! sac à papier! je suis pris à l'hameçon.

LE COLOSSE, qui prêtait l'oreille.

Une voix humaine!... Serait-ce un monstre amphibie?... (Il tire sa ligne ; Fornigo résiste. La ligne casse, Fornigo enfonce, et le Colosse trébuche sur ses jambes.) Cassée!... Un coup de ligne superbe!...

FORNIGO, reparaissant et secouant la tête.

Cet animal a failli me *noyer*.

LE COLOSSE.

Noyer!... Un poisson qui parle français!... (Fornigo éternue) et qui éternue!... (Rabaissant ses lunettes sur son nez.) C'est invraisemblable!

FORNIGO, à part.

Il me regarde!...

LE COLOSSE.

Voilà un museau qui ne m'est point étranger!

(Ils se regardent tous deux un moment.)

FORNIGO.

Monsieur!... Je suis votre serviteur.

LE COLOSSE, soulevant son chapeau.

Monsieur!... Puis-je savoir à qui j'ai l'avantage?...

FORNIGO.

Je venais... relativement à... Je vous dérange peut-être?...

LE COLOSSE.

Du tout, monsieur, au contraire... prenez donc la peine de vous asseoir.

FORNIGO.

Merci... je ne suis pas fatigué...

LE COLOSSE, à part.

J'ai positivement vu ce faciès quelque part.

FORNIGO, à part.

Quels mollets!... et ce torse!... c'est une merveille de rotondité; heureusement qu'il doit être pas mal rouillé depuis le temps qu'il est là... à l'humidité.

LE COLOSSE.

Jeune homme !...

FORNIGO, à part.

Si je pouvais seulement trouver sa cachette...

LE COLOSSE, criant.

Jeune homme !...

FORNIGO, à part.

Où peut-il l'avoir fourrée?

LE COLOSSE.

Comment! il fait sa coupe et sa brassée!... Ah çà, est-ce que vous vous croyez ici dans un bain à quatre sous? Qui es-tu?... parle!... réponds!... Tu ne réponds pas?... ce langage est assez clair, c'est toi!

FORNIGO, vivement.

Non!... vous êtes dans l'erreur!

LE COLOSSE.

Cette bêtise de ta part achève de me convaincre, tu es Fornigo.

FORNIGO.

Eh bien, oui!... je l'avoue, puisque vous le savez!

LE COLOSSE.

Ah! polisson!... tu pénètres furtivement jusque dans mes eaux... tu viens effaroucher mes goujons et faire pâmer mes carpes!...

FORNIGO.

Je demande à m'expliquer, à faire un discours...

LE COLOSSE.

Je n'aime pas les discours!

FORNIGO.

A placer une phrase.

LE COLOSSE.

Je n'aime pas les phrases!

FORNIGO.

A dire un mot!

LE COLOSSE.

Dis-le !

FORNIGO.

Je ne le dirai pas!... je le chanterai!

Air *la Clé*.

La clé, (*bis*)
J'aurai la clé !
Je ris d' ta force
Et d' ton vieux torse !
Oui, par l'amour ensorcelé,
Je brave tout pour cette clé !
Et dans les flots de ta baignoire,
Canard des Grecs renouvelé,
Mon p'tit coloss', je te f'rai boire
Un bouillon qui n' s'ra pas salé !

LE COLOSSE.

Ose donc venir la prendre !...

FORNIGO.

J'y vole... ou plutôt, j'y nage !

ENSEMBLE.

La clé, (*bis*.)
J'aurai la clé, etc.

LE COLOSSE.

La clé (*bis*.)
J' défends la clé !
Redout' ma force
Et crains mon torse !
Si tu n' veux pas êtr' mutilé
Crois-moi, renonce à cette clé !

(*Voyant Fornigo qui nage.*)

Je ne suis pas tranquille... et sans mes rhumatismes...
(*On entend frapper en dehors.*)
FORNIGO, s'arrêtant.

Quel est ce bruit sous-marin ?

LE COLOSSE.

Ce sont les voisines d'en bas qui se plaignent de ce que je fuis !

FORNIGO.

Tu fuis, lâche !... (Il se remet à nager.) Je t'en empêcherai... je
t'atteindrai !... je te démolirai !...
(*Il le prend par la jambe.*)

LE COLOSSE.

Au secours !... à la garde !... Nous allons défoncer la maison !...
(Ils luttent un moment et finissent par tomber dans le bassin. Aussitôt
on entend de grands cris de femmes. Puis, toutes les danseuses paraissent en tenue de classe avec des parapluies et des ombrelles toutes
mouillées.)

SCÈNE III.

LES MÊMES, DANSEUSES.

CHŒUR.

Air : *Mes amis, en ce jour*.
Sauvons-nous ! du plafond
Quel torrent sur nous fond !
Montons à l'escalade !
Evitons la noyade,
On en a jusqu'aux genoux.
Sauvons-nous ! (*bis*.)

FORNIGO, en dessous.

Je la tiens !... je la tiens !
(Le Colosse reparaît ; Fornigo en tenue de nageur est à cheval sur ses
épaules.)
FORNIGO, élevant une clef au dessus de sa tête.

Enfoncé le colosse ! triomphe !... Tableau.

REPRISE DU CHŒUR.

Cinquième Tableau.

LE JARDIN DE MADEMOISELLE BABYLONE.

Une terrasse garnie de caisses de fleurs et de plantes. — Au fond, les
fenêtres de l'appartement. — Au dessus, la mansarde et la gouttière
garnie de pots d'œillets et de giroflée.

SCÈNE PREMIÈRE.

SÉMIRAMIS et ses ÉLÈVES en costume de danseuses à la classe, FORNIGO
en polonaise garnie de fourrure, pantalon collant et bottes molles.

(Au lever du rideau, Sémiramis et ses élèves font des attitudes en entou-
rant Fornigo qui dort, étendu sur un canapé.)

SÉMIRAMIS.

Air : *Dormez, mes chères amours*.

Dormez, dormez, noble étranger !
Que des vents le souffle léger
Près de vous vienne voltiger !
Et nous, pour combler ses délices,
Berçons-le comme des nourrices.
Autour de lui formant un rideau,
Au sein de cet Eldorado,
Chantons-lui, chantons : l'enfant do !

ENSEMBLE.

Dodo, dodo,
Dormez, monsieur, dormez, *faites* dodo !
Dodo, dodo.
Dormez, dormez, *faites* dodo !

SÉMIRAMIS, le regardant.

Qu'il est bien ! quel air noble et godiche à la fois !... comme on
voit que c'est un prince danois !

TOUTES.

Un prince danois ?

SÉMIRAMIS.

Oui, mesdemoiselles, un prince danois qui désire prendre des
leçons de polonaise. Quel honneur pour ma classe de danse, qu'il
se soit adressé à moi !

PREMIÈRE ÉLÈVE.

Mais c'est bien drôle qu'il dorme ainsi... c'est malhonnête !

SÉMIRAMIS.

Vous ne voyez donc pas qu'il a cédé aux charmes de ce séjour...
on s'y amuse tant, qu'une fois entré, on s'y endort tout de suite.

ALEXANDRINE, en dehors.

Mam'zelle Sémiramis !... mam'zelle Sémiramis !...

TOUTES.

Tiens ! c'est la portière !...

SCÈNE II.

LES MÊMES, ALEXANDRINE.

SÉMIRAMIS.

Ah ! quel air effarouché !... que voulez-vous, mère Alexandrine ?
qu'y a-t-il ?

ALEXANDRINE.

Il y a que cet olibrius, que vous avez vu hier nous menacer de
prendre nos clefs, a si bien fait qu'il en a chippé trois.

SÉMIRAMIS.

Est-il possible !

ALEXANDRINE.

Et je viens vous prévenir de vous tenir sur vos gardes. Il ne
serait pas venu, par hasard ?

SÉMIRAMIS.

Je n'ai vu qu'un riche étranger, un nouvel élève.

ALEXANDRINE.

C'est différent. Pour lors, je redescends à ma loge.

FORNIGO, rêvant.

Larifla... fla... fla ..

TOUTES, étonnées.

Hein ?

FORNIGO, de même.

Larifla... fla... fla...

SÉMIRAMIS.

Qu'est-ce qu'il chante ?...

ALEXANDRINE, s'approchant de Fornigo.

Mais c'est lui !... je le reconnais !

SÉMIRAMIS.

Ah ! bah !...

ALEXANDRINE.

Le serpent s'est glissé sous vos fleurs ; vous polkez sur un
volcan !... vous êtes flambée, ma petite...

SÉMIRAMIS.

Flambée !... laissez donc ! vous êtes tous des maladroits... moi, je serai plus maline que vous, et je le défie bien de me prendre ma clef... d'abord, je l'ai mise à ma jarretière.

ALEXANDRINE.

A votre jarretière?...

SÉMIRAMIS.

Oui, comme les Espagnoles, en guise de poignard... Et c'est un endroit où, j'espère, il ne se permettra pas d'aller la chercher. Mais ce n'est pas tout : je veux qu'il renonce à son entreprise; je veux lui faire oublier sa belle Larifla.

ALEXANDRINE.

Et comment?

SÉMIRAMIS.

Parbleu! en le séduisant... en lui offrant toutes les délices de la vie. Le voilà qui s'éveille... prenons-le d'abord par l'*estom* !... (A la portière.) Allez me chercher du mêlé, de la galette et du flan.

ALEXANDRINE.

J'y cours.

SÉMIRAMIS,

Air : *Je vois lui percer le flanc.*
Oui, courez chercher le flan,
En plein plan, plan, plan
Tirelire
En plan.
Ajoutez-y du vin blanc,
Ça ne pourra pas nuire.
(*La portière sort. — Aux danseuses.*)
Et nous, pour le séduire,
Oui, pour mieux le séduire,
Et pour lui percer le flanc,
En plein plan, plan, plan,
Tirelire
En plan,
Sachons toutes joindre au flan
Notre plus doux sourire !
(*Elles s'approchent de Fornigo et font des poses.*)

SCÈNE III.

LES MÊMES, moins ALEXANDRINE.

FORNIGO, s'étirant et se frottant les yeux.

Où suis-je?...

SÉMIRAMIS, à part.

A mon rôle !... (S'approchant de Fornigo et de l'air le plus gracieux.) Chez moi, prince... au second au-dessus de l'entresol.

FORNIGO.

Ah ! je me croyais plus haut que ça.

SÉMIRAMIS.

Plus haut! ah ! et où?

FORNIGO.

Dans le ciel.

SÉMIRAMIS, minaudant.

Ah! que c'est joli !

FORNIGO.

Oui, c'est assez *joli !*

SÉMIRAMIS.

Peut-on vous offrir quelque chose? avez-vous faim? avez-vous soif?

FORNIGO.

Le fait est que ce somme m'a creusé... je casserais volontiers une croûte.

SÉMIRAMIS.

Prince! on a prévenu vos désirs : un banquet a été commandé en votre honneur, et dans un instant on va vous apporter.,.

SCÈNE IV.

LES MÊMES, ALEXANDRINE, revenant avec un cabas chargé de provisions.

ALEXANDRINE.

Voici le gobichonnage !...

SÉMIRAMIS.

Bravo !

FORNIGO, à part.

La portière !... heureusement, cette fois, je suis méconnaissable !

ALEXANDRINE, déposant les comestibles sur une petite table qu'on place au milieu du théâtre.

De la galette, du flan, des marrons...

SÉMIRAMIS, à Fornigo.

Toutes choses légères.

ALEXANDRINE.

J'ai ajouté des cornichons de mon autorité privée.

SÉMIRAMIS.

Ça remplacera l'absinthe. A table, prince !... et nous, mesdemoiselles, servons mon illustre élève, et que nos pirouettes charment ses regards !

CHŒUR.

Air :

A table !
Gaîment mêlons,
Pour c' repas délectable,
La dans' des tendrons
A celle des bouchons !
FORNIGO, *à part.*
Tenons-nous bien ferme,
Parmi tant d'attraits !
SÉMIRAMIS, *bas à ses élèves.*
Sous la pâte ferme
Étouffons ses projets !

REPRISE DU CHŒUR.

A table! etc.

(*Sémiramis conduit Fornigo à la table, et il s'assied sur un coussin placé à terre; les danseuses tout en faisant des ronds de jambes et des poses gracieuses servent Fornigo. Alexandrine lui présente un morceau de galette. Sémiramis débouche une bouteille et lui verse à boire.*)

SÉMIRAMIS, à Fornigo qui vient de vider son verre.

Eh bien ! comment trouvez-vous le chablis?

FORNIGO.

Excellentissimo !

SÉMIRAMIS.

Alors, redoublez!

FORNIGO, retirant son verre.

Oh! non, merci !... ça me taperait, et je n'ai pas envie de me mettre dans les brindezingues. (A part.) Bigre !... et mon idée !

ALEXANDRINE, bas à Sémiramis.

Il se méfie !...

SÉMIRAMIS, bas.

Il faut le prendre par les oreilles... comme les lapins.

ALEXANDRINE, bas.

Compris !... (Aux danseuses.) Un chœur, vivement !
(Elle chante.)

Ah ! que l'amour est agréable...
SÉMIRAMIS, *chantant.*
C'est le jardin de Jenny l'ouvrière...
(*Les élèves chantent à la fois, l'une le bon roi Dagobert. — Une autre : Ah vous dirai-je, maman, etc. — Cacophonie.*)

FORNIGO.

Ah! assez !... assez !... quel ensemble !... quelle délicieuse harmonie !... on se croirait à la Porte-Saint-Martin ! Jamais mon tympan n'avait été charmé par d'aussi doux sons que sont ces doux sons-ci.

SÉMIRAMIS, se rapprochant.

Vous êtes dillettante, prince ?

FORNIGO.

Mais z'oui, quelquefois.

SÉMIRAMIS.

Alors je vais vous roucouler une romance. (Aux élèves.) Passez-moi ma guitare.

ALEXANDRINE, l'apportant.

La guitare demandée !...

SÉMIRAMIS.

Attention, vous autres, et chorus au refrain.

Air *de Militaire et pensionnaires.*

Dans le monde c'est à la danse
Qu'on reconnaît l'homm' comme il faut.
Elle donne de l'élégance
Et de la grâce au plus rustaud.
A nos leçons dès qu'il s'adonne,
Il se voit invité, fêté ;
Les cachets d' danse, ça lui donne
Le cachet d' la bonn' société,
Oui, pour briller en société.

Eh ! dringue, dringue !
Faut que l'on s' distingue !
Eh ! dringue, dringue !
Tin, tin, tin !
C'est ainsi que l'on fait son chemin.
Eh ! dringue, dringue,
Tin, tin, tin,
V'là comm' dans l'monde on fait son chemin,
Eh ! dringue, dringue,
Tin, tin, tin !

ENSEMBLE.

Eh ! dringue, dringue, etc.

(On danse sur le refrain. — Alexandrine joue du tambour de basque.)

SÉMIRAMIS.

DEUXIÈME COUPLET.

L'avenir d'un fils de famille
Dépend souvent d'un avant-deux,
Et l'hymen d'une jeune fille,
D'un rond de jambe vaporeux.
Jeunes gens, pour séduire les belles,
Pour paraître aimables, charmants ;
Ainsi que vous, mesdemoiselles,
Pour former des établiss'ments,
Et faire honneur à vos mamans.
Eh ! dringue, dringue, etc.

ENSEMBLE.

Eh ! dringue, dringue, etc.

FORNIGO, se levant.

Ah ! bravo ! brava ! bravissima !...

SÉMIRAMIS, à part.

L'oreille est séduite... achevons de le pincer par le nez. (Elle revient près de Fornigo.) Ah ! comme vous avez chaud !...
(Elle lui essuie le visage avec son mouchoir.)

FORNIGO.

Ah ! que ça sent bon !... quel parfum !... (Il éternue.) Que mettez-vous donc dans votre mouchoir ?

SÉMIRAMIS.

Du vinaigre des princes, prince.

FORNIGO.

Retirez-moi ça... ça me porte à la tête... ça m'entête... ça m'embête !...

SÉMIRAMIS, bas, aux autres.

Ça mord ! ça mord ! donnons-lui le coup de grâce. (Tendant la main à Fornigo.) Venez, prince, venez danser une polka.

FORNIGO, hésitant.

Une polka ?... mais c'est que...

SÉMIRAMIS.

Vous ne savez pas ?... je vous montrerai.

Air *des Noces de Jeannette.* (Polka.)

Oui, dansons,
Polkons et valsons !
Commençons
Soudain mes leçons !
N'ayez point de peur !
Allons, de l'ardeur !
Car c'est un pas
Plein d'appas !
On s'élance,
Et l'on balance ;
On se quitte et l'on est pris.

FORNIGO.

Que de grâce !
Elle m'enlace...
Je ne sais plus où j'en suis !

ENSEMBLE.

SÉMIRAMIS.

Oui, dansons, etc.

FORNIGO.

Oui, dansons,
Polkons et valsons !
Commençons
Soudain mes leçons.
Je suis plein d'ardeur !
Quel bon professeur,
Et que ce pas,
A d'appas !

ALEXANDRINE ET LES ÉLÈVES, à part.

Voyez donc !
Le pauvre garçon,
Sans soupçon,
Mord à l'hameçon !

(Haut.)

Il est plein d'ardeur !
Quel bon professeur !
Et que ce pas
A d'appas !

(A la fin de l'ensemble, la jarretière de Sémiramis tombe sur le parquet avec la clef qui y est attachée, en produisant un petit bruit. Tout le monde s'arrête.)

FORNIGO, se précipitant sur la jarretière.

Sa jarretière !... (Il la ramasse et aperçoit la clef.) Que vois-je ?...

SÉMIRAMIS.

Ciel !... rendez-moi ça !... rendez-moi ma jarretière !

FORNIGO.

Non... non... je la garde... cet élastique ne me quittera plus.

SÉMIRAMIS, à part.

Et ma clef qui est après !...

ALEXANDRINE, bas.

Tout est fichu !

SÉMIRAMIS, bas.

Peut-être. Il me vient une idée...
(Elle regarde du côté du cabinet noir.)

ALEXANDRINE, bas.

Laquelle ?

SÉMIRAMIS, bas.

Chut !... laissez-moi faire. (Haut.) Allez, la musique !
(L'orchestre joue un air de danse. — Sémiramis se met à danser une varsovienne.)

FORNIGO.

Ce pas ?... c'est le pas de mes rêves... c'est celui que dansait Larifla.

SÉMIRAMIS, à part.

Parbleu !... c'est moi qui le lui ai appris.

FORNIGO.

Mais ce pas délicieux, entraînant, d'où le savez-vous ?

SÉMIRAMIS, à part.

Nous y voilà !... (Haut, et avec passion.) Eh quoi ! tu ne devines pas ? Tu ne me reconnais pas à ce pas plein d'appas ?

FORNIGO.

Pas !

SÉMIRAMIS.

Mais je suis celle que tu adores, je suis Larifla.

FORNIGO.

Larifla !... vous ?... mais vous avez le nez à la romaine, et Larifla l'avait à la turque.

SÉMIRAMIS.

C'était un faux nez.

FORNIGO.

Mais vous êtes blonde, et elle était brune.

SÉMIRAMIS.

C'étaient de faux cheveux.

FORNIGO.

Mais vous êtes mince et elle était grassouillette.

SÉMIRAMIS.

C'étaient de faux...

FORNIGO, l'interrompant.

Bah !...

SÉMIRAMIS.

Oui, tout était faux. Pour échapper à mon Argus, je m'étais travestie... déguisée... Viens, partons... dérobons-nous par cet endroit dérobé. (Bas aux autres.) Une fois là-dedans, je l'enferme... et nous le forçons à capituler.

ALEXANDRINE, bas.

Je comprends.

SÉMIRAMIS, à Fornigo.

Eh bien, tu hésites ?... tu flottes ?

FORNIGO.

Dame !... c'est que...

SÉMIRAMIS.

Quoi ?

FORNIGO.

Où voulez-vous me conduire ?

SÉMIRAMIS.

A la félicité.

FORNIGO.

A la félicité!... allons-y!

SÉMIRAMIS.

Suis-moi.

(Musique à l'orchestre. — Fornigo va pour entrer dans le cabinet noir. — Au même moment la fenêtre d'une des mansardes s'ouvre et Larifla paraît son bougeoir à la main.)

FORNIGO, l'apercevant.

Ah!... cette chandelle m'éclaire. (A Sémiramis.) Tu n'es qu'une fausse Larifla... et je garde ta clef.

ENSEMBLE.

Air des *Chevau-légers.*

SÉMIRAMIS, ALEXANDRINE, *et* LES DANSEUSES.

La peste soit de la surprise!
Ah! le guignon s'en est mêlé!

Par Fornigo $\frac{me}{la}$ voilà prise!

C'en est fait, il garde la clé.

FORNIGO.

Oui, j'allais faire une bêtise!
Mais le destin s'en est mêlé;
Par Fornigo te voilà prise,
C'en est fait, je garde la clé.

LARIFLA.

Il allait faire une bêtise;
Mais le destin s'en est mêlé,
Par Fornigo te voilà prise,
C'en est fait il garde la clé.

(*Fornigo agite la clef, en signe de triomphe. — Toutes les femmes restent abasourdies. — Le rideau tombe.*)

Sixième Tableau.

LA FEMME AUX TROIS DOMICILES

Pendant que le rideau baisse sur le tableau précédent on entend une discussion qui s'engage à la première galerie et la voix de Mlle Diane qui domine toutes les autres.

DIANE.

Pardon, messieurs et mesdames, vous voyez bien que le rideau baisse, que le tableau est fini... Je demande à me placer.

UNE GROSSE VOIX AU PARTERRE.

A la porte!

DIANE, descendant à sa place.

Comment à la porte!... Eh bien! vous êtes encore galant!... Je vous dis que j'ai un billet... un billet de balcon. (S'adressant au public.) J'avais des raisons pour entrer ici... j'étais suivie... poursuivie... par un monsieur très-désagréable...

LA VOIX.

C'est qu'il vous trouvait la jambe bien faite.

DIANE.

Par exemple!... vous feriez croire des choses... certainement on n'est pas cagneuse... mais on sait se tenir dans les rues... Je suis connue, Dieu merci! mademoiselle Diane, confectionneuse d'ustensiles de chasse, ci-devant rue de Bellechasse, et l'une des merveilles du numéro sept.

FORNIGO, paraissant au balcon du côté opposé; il a de gros favoris et une longue redingote boutonnée.

Le numéro sept!... Qui est-ce qui parle du numéro sept?... Permettez, messieurs; je suis l'un des inspecteurs de ce théâtre et ami particulier des auteurs de l'intéressant ouvrage dont vous venez de voir jouer les cinq premiers tableaux. Messieurs, nous avons appris de source certaine qu'une cabale avait été organisée, que des gens mal intentionnés s'étaient introduits ici avec des armes prohibées. Je veux parler de ces petits instruments à vent... dont on se sert pendant et après.

LA VOIX.

Et après?

FORNIGO.

Pour éviter le scandale et déjouer la malveillance, on s'est décidé à fouiller tous les spectateurs, notamment les spectatrices. (Montrant Diane.) Et je vais commencer par mademoiselle.

DIANE.

Me fouiller!... quelle horreur!... Mais je vous le défends, je m'y oppose...

FORNIGO.

Sa résistance la trahit... D'abord, je vous signale mademoiselle comme une personne très-suspecte. Elle a trois domiciles.

DIANE.

Trois domiciles! c'est lui... c'est Fornigo! (Au public). Messieurs, je me mets sous votre sauvegarde. Monsieur, n'est point un inspecteur, mais un imposteur, qui veut me prendre... ce que vous savez.

FORNIGO.

N'écoutez pas cette chasseuse.

DIANE.

Il est venu chez moi pour me faire la chasse. Heureusement, j'étais à l'affût.

FORNIGO.

Avec un certain monsieur Lecerf.

DIANE.

Un de mes anciens adorateurs.

FORNIGO.

Elle me reçut avec dédain.

DIANE.

Mais enfin, me voyant près d'être forcée, je sus rompre les chiens, lui faire perdre la piste, et j'allai chercher un nouveau gîte rue de la Lune.

FORNIGO.

Je la poursuis dans son second quartier.

DIANE.

Et son audace allant en croissant... il cherche à dénicher mes ouvrières, de jeunes Champenoises, pour lesquelles je tiens une classe du soir.

FORNIGO

Et qu'elle élève dans la plus crasse ignorance.

DIANE.

Il les ameute contre moi, et j'allais être victime des manœuvres de cet intrigant...

FORNIGO.

Lorsqu'elle m'envoie à tous les diables, et se réfugie barrière d'Enfer.

DIANE.

Où j'ai des parents rôtisseurs.

FORNIGO.

J'étais sur des charbons ardents... je me suis cru cuit!... Mais par bonheur ici je la tiens, et j'aurai sa clef.

DIANE.

Tu n' l'attrapp'ras pas, Nicolas!...

(Elle se lève.)

Place, messieurs!

FORNIGO.

Place, mesdames!

DIANE.

Sauvons-nous!

FORNIGO.

Poursuivons-la.

DIANE, sortant.

Ouvreuse!... ouvreuse... ouvrez!...

FORNIGO, sortant.

N'ouvrez pas!...

DIANE, en dehors.

Mon manteau, mon chapeau, mes socques.

FORNIGO, en dehors.

Retenez-la au bureau des cannes!

(Les voix s'éteignent dans le lointain, puis au bout d'un instant on voit Fornigo reparaître dans le trou du souffleur avec une très-grosse clef à la main.)

FORNIGO.

Je tiens sa clef!... Elle l'avait cachée dans sa bottine!..

(Il disparaît. — Le rideau se lève.)

Septième Tableau.

GRANDEUR ET DÉCADENCE DU PÈRE JUPITER.

Une chambre encombrée d'accessoires antiques, casques, lances, boucliers, tuniques, guirlandes de fleurs, etc., etc. Un grand plateau destiné aux poses académiques,

---

SCENE PREMIÈRE.

FANFAN, LIZA, et autres Artistes, puis JUPITER.

CHOEUR.

En place ! (ter)
Que l'on pose avec grâce !
Songeons à montrer nos talents,
Artistes des tableaux vivants !

FANFAN.

Eh bien ?... personne ?

LIZA.

Où donc est notre directeur ?

FANFAN.

Eh ! papa Jupiter, oh ! eh !

JUPITER, dans la chambre à droite.

Me voilà, mes enfants, me voilà ! (Entrant ; il a un maillot couleur chair, une couronne dorée sur sa tête et un vieux paletot sur les épaules ; il tient un casque à la main.) Je passais le casque de Minerve au tripoli. Mais que vois-je ?... vous n'êtes pas en tenue pour la répétition ! Vous êtes tous à l'amende de cinq sous !

TOUS, murmurant.

Ah !

FANFAN.

De quoi, à l'amende !... il faudrait d'abord nous payer nos appointements !

TOUS.

Oui... oui... il a raison !

JUPITER.

Monsieur Fanfan, vous êtes un mauvais pensionnaire ! vous faites toujours de l'opposition !... que diable, on prend patience !

FANFAN.

Mais quand on ne prend que ça à ses repas, ce n'est pas le moyen de se faire des biceps et des pectoraux.

JUPITER.

Le fait est que depuis quelque temps la plastique est en décadence... Avec les tableaux vivants, il n'y a plus que des croûtes à manger.

LIZA.

La gaze nous a fait un tort considérable.

FANFAN.

Ce n'est plus un art... c'est un métier, une galère.

Air : Ces postillons.

A la recette afin d'venir en aide
Notre talent à toute sauce est mis ;
Hier Apollon, aujourd'hui Ganimède
Je vais aux Dieux verser Pomard, Chablis,
Et j'boirai d'l'eau, rentré dans mon taudis.

LIZA.

Pour moi, mon zèle à chaque instant je l'prouve,
Car l'on me voit faire avec le même soin
Junon, Pallas, Venus quand ça se trouve...

JUPITER.

Et l'amour au besoin.

LIZA.

Dame... il faut bien se dévouer pour ses camarades.

JUPITER.

Eh bien ! mes enfants, réjouissez-vous !... une chance de fortune nous est offerte !... Il s'agit ce soir de nous montrer dans tout notre éclat et qu'on dise en nous voyant : Ah ! voilà de vrais Dieux ! ce ne sont pas des demi-Dieux... usés, rapiécés, teints et reteints par tous les bouts... ils n'ont pas le moindre bout teint !

LIZA.

Il y a donc du nouveau ?

FANFAN.

Est-ce qu'on nous ferait demander dans la haute ?

LIZA.

J'y suis !... c'est aujourd'hui la foire à Montrouge !

JUPITER.

Allons donc !... nous avons mieux que la foire !

TOUS.

Ah ! bah !

JUPITER.

Apprenez que j'ai reçu la visite d'un grand personnage... un millionnaire qui sollicite la faveur d'une *great exhibition* de nos poses académiques ; il viendra avec quatre chevaux !

TOUS.

Fameux !... fameux !...

FANFAN.

Je demande une avance !... de la braise ou pas de répétition... et pas de séance !

TOUS.

Oui... oui... de la braise !

JUPITER.

Ils n'ont que ce mot-là à la bouche !

LIZA.

Tiens, avec de la braise on a tout, on fait tout dans le monde : on se nourrit, on s'habille...

FANFAN.

On fait du feu avec de la braise !

JUPITER, à part.

Bientôt, j'aurai des artistes dont je ne craindrai plus les réclamations ; mais en attendant, ceux-là sont les plus forts, soyons plat... très-plat ! (Haut, d'un ton doucereux.) Mes bons amis. (Prenant le menton de Liza.) Mes petites chattes... je vous promets à tous un à-compte pour tantôt.

TOUS.

Un à-compte !...

JUPITER.

Je le jure... par le Styx !... Allons, du zèle, répétons ! préparez, époustez vos accessoires... moi je vais donner une couche de vernis à mon tonnerre... je tiens à ce qu'il soit clair mon tonnerre !

REPRISE DU CHOEUR.

En place ! (ter.)
Que l'on pose avec grâce !
Songeons à montrer nos talents,
Artistes des tableaux vivants !
(On frappe à la porte du fond, Fanfan et Liza s'arrêtent.)

FORNIGO, en dehors.

Y a-t-il du monde ?

JUPITER, sans se déranger.

Entrez !... entrez toujours !

SCENE II.

JUPITER, FANFAN, LIZA, FORNIGO.

FORNIGO, ouvrant la porte du fond.

Monsieur Jupiter, s'il vous plaît ?

FANFAN.

C'est ici ! (A Liza.) Quel est ce jeune échappé de bocal ?

FORNIGO, à part.

Il est impossible qu'il me reconnaisse, j'ai mis un faux col.

JUPITER, à part.

Serait-ce encore une pratique ?

FORNIGO.

Monsieur, est-ce à vous ou à monsieur votre frère que j'ai l'honneur de parler ?

JUPITER.

C'est à mon frère !

FORNIGO.

Ah !... monsieur, je n'ai pas l'habitude d'aller par quatre chemins ; j'aime mieux vous dire le motif de ma visite tout bêtement.

JUPITER.

Vous paraissez avoir ce qu'il faut pour ça.

FORNIGO.

Air de Joseph.

A peine au sortir de l'enfance,
Un jour papa m'flanqua dehors
Et m'dit d'un'voix plein d'éloquence :
Je t'abandonne et sans remords !

Forcé de faire quelque chose,
Ici je viens me proposer,
Monsieur, j'ai du goût pour la pose ;.
Soyez gentil... fait' moi poser.

TOUS.

Il semble être né pour la pose ;
Soyez gentil... fait's-le poser !

JUPITER, à part.

Tiens!... c'est une occasion de remplacer ce gamin de Fanfan !

FANFAN, à Liza.

Il payera sa bienvenue et nous le blaguerons.

JUPITER.

Jeune ambitieux !... avez-vous des formes?... Êtes-vous seulement bâti en Apollon?

FORNIGO.

On le dit dans le monde.

JUPITER.

Voyons ce dont vous êtes capable. Pliez-le bras gracieusement... mieux que ça !... (Il lui plie le bras avec violence.) A la crapaudine !

FORNIGO.

Aïe !...

JUPITER

Maintenant, pliez la jambe! levez les yeux!... souriez!... montrons les quenottes au public!... Très-bien !... fixe!... (A part.) C'est mon affaire!

FANFAN, le regardant.

Oh! c'te balle !
Qu'on l'emballe !
Ça l'ra d'l'honneur
A l'emballeur !

FORNIGO.

Y en a-t-il pour longtemps?

JUPITER.

Chut!... le silence et l'immobilité sont de rigueur. Rien ne doit vous émouvoir, ni le soleil qui vous tape dans l'œil, ni la mouche qui vous entre dans le nez.
(Fanfan lui passe une plume sous le nez; Fornigo frissonne et pousse un cri; Jupiter lui lance un coup de pied.)

FORNIGO.

Ah! mais!...

JUPITER.

C'est comme ça que j'ai dressé tous mes artistes.

FANFAN ET LIZA.

C'est vrai! c'est vrai!...

FORNIGO.

C'est charmant !

LIZA.

Vous mènerez avec nous une existence délirante!

AIR de la Corde sensible.

De la plastique
Et de l'antique
Venez à nous, amis joyeux.
Quoique assez gueux,
Dans not' boutique
L'on chante, on rit comm' chez les Dieux.

LIZA.

Du public pour fair' la conquête,
Pour avoir un succès complet,
Faut-il de l'esprit?... Pas si bête !...
Il ne faut qu'avoir du mollet !

ENSEMBLE.

De la plastique, etc.

JUPITER.

Notre Olympe c'est la guinguette
Où l'on va siroter à l'œil ;
Notre nectar c'est la piquette
Des riants coteaux d'Argenteuil !

ENSEMBLE et en dansant.

De la plastique, etc.

FORNIGO, à part.

Me voilà admis dans la troupe... et avec un peu d'adresse...

JUPITER.

Répétons,... et mettons-nous dans la situation... Nous sommes dans le temple de Jupiter où le maître des dieux a rassemblé ses amis pour manger la soupe et le bœuf.

FORNIGO.

Ah! nous sommes dans le temple?... je ne le vois pas.

JUPITER.

On n'a pas besoin de le voir... Le temple est par-là, tout près.

FORNIGO.

Nous sommes dans le quartier du temple.

JUPITER.

Maintenant preparez-vous à représenter un personnage important.

FANFAN.

Vous lui confiez un rôle?

JUPITER.

Le tien !

FANFAN.

Le mien !

JUPITER.

Ça t'apprendra à demander des appointements.

FANFAN.

En v'là une injustice !

TOUS, entre eux.

C'est une abomination!

JUPITER, à Fornigo.

Otez votre habit, votre cravate.

FORNIGO, à part.

Ah! fichtre !

JUPITER.

Ce faux col qui gêne la physionomie.

FORNIGO.

Pardon... c'est que...

JUPITER, le lui enlevant.

Otez donc ça... que diable! Ah! bigre!... ah!... qu'est-ce que je vois?

FORNIGO.

Je suis reconnu !...
(Il veut s'esquiver.)

JUPITER, le retenant.

Ah! drôle !... ah! polisson!... c'est toi qui voulais me faire poser.

FANFAN et LIZA.

C'est bien fait!... Kss!... Kss!...

JUPITER.

Tonnerrrrre !... (Fornigo cherche toujours à se sauver.) Je vais le foudroyer !... le précipiter aux enfers... te flanquer une pile atroce!
(Il s'empare de sa foudre dont il le menace et poursuit Fornigo qui se sauve en courant. Tous les autres artistes ont reparu au bruit.)

TOUS.

Kis!... kis!... kis!... Au chat!... au chat!...

JUPITER, après la sortie de Fornigo.

Reprenons nos exercices!

FANFAN.

A votre aise! mais vous pouvez chercher un autre Ganimède.

LIZA.

Une autre Vénus.

FANFAN.

Vous avez voulu me remplacer... A mon tour, vieux, je vous brûle la politesse.

LIZA.

Moi idem !...

TOUS.

Et nous ibidem

JUPITER.

Et ma séance !... Et ma recette!...

FANFAN.

Adieu, papa !

TOUS.

AIR : Tot, tot, tot.

Oui, partons,
Décampons
Vivement
Et gaîment,
Sans bagage
Et sans équipage.

Jupiter
A tout l'air
D'un grigou
Sans le sou.
Cherchons un directeur
Moins blagueur.

(Ils sortent par le fond.)

SCENE III.

JUPITER, puis LA PORTIÈRE, puis DEUX COMMISSIONNAIRES.

JUPITER, ançauti.

Partis !... me voilà dans une jolie passe !... si du moins j'avais leurs remplaçants !... mais ce maudit cartonnier n'en finit pas... Et voilà la nuit qui tombe... mon grand seigneur va venir... Saperlotte !... que faire?...

LA PORTIÈRE, entrant.

Ah! père Jupiter... c'est vous que je cherchais.

JUPITER.

Et pourquoi?

LA PORTIÈRE.

Il y a z'en bas un équipage à quatre chevaux avec un mossieu dedans.

JUPITER.

C'est lui!... mon amateur !

LA PORTIÈRE.

Et puis c'est pas tout; v'là aussi qu'il vous arrive comme des grands fantômes, qu'on m'a dit que c'étaient des mannequins que vous aviez commandés.

JUPITER.

Je suis sauvé!... vite... qu'on se hâte de les monter ici.

LA PORTIÈRE.

Les v'là.

(Entrent deux commissionnaires portant deux mannequins recouverts de toiles vertes.)

JUPITER.

Doucement... et placez-les tout de suite debout sur ce plateau. *(Prenant la portière par la main.)* Vous, petite mère, descendez bien vite.

LA PORTIÈRE.

Faut-il faire monter le mossieu à équipage?

JUPITER.

Dites-lui au contraire que je réclame quelques minutes... que je le prie d'attendre...

LA PORTIÈRE.

Dans la rue?

JUPITER.

Un homme si comme il faut!... Eh! non, chez le marchand de vin.

ENSEMBLE.

Air du *Siège de Corinthe.*

LA PORTIÈRE.

Je vais lui fair' prend' patience
Pendant quelques instants encor.
Oui, je vais faire diligence,
Pour lui c'est une affaire d'or.

JUPITER.

Faites-lui prendre patience,
Pendant quelques instants encor.
Allez et faites diligence,
Pour moi c'est une affaire d'or.

(La portière sort avec les commissionnaires.)

SCENE IV.

JUPITER, LES DEUX MANNEQUINS.

JUPITER.

Diable !... deux mannequins... et moi... ça ne fait que trois... que faire avec trois?... ah !... une scène de la guerre de Troie... et je finirai par le groupe des trois Grâces. Vite, arrangeons ces gaillards-là. *(Il enlève les toiles vertes. On voit Fornigo et Fagotas en maillots couleur de chair avec des tuniques.)* Oh! parfait! comme ils sont na ture! *(Regardant les jambes de Fornigo.)* On a un peu ménagé le coton; j'en ferai remettre.

(Il prend des casques qu'il leur met sur la tête, puis il leur place à chacun une lance à la main, et leur fait prendre une attitude. — Fagotas imite au fur et à mesure avec sa bouche le son criard des ressorts)

JUPITER, à lui-même.

Les ressorts ont besoin d'être graissés.

(Il va se mettre une barbe et un casque. Pendant qu'il a le dos tourné, Fagotas et Fornigo échangent à voix basse les mots suivants:)

FAGOTAS.

J'ai guigné le passe-partout.

FORNIGO.

Où est-il?

FAGOTAS.

Dans sa poche, avec sa pipe.

FORNIGO.

Chouette!

(Jupiter se rapproche, Fornigo et Fagotas lui laissent tomber leurs lances sur la tête.)

JUPITER.

Aie !... sapristi!... faites donc attention. Ah! que je suis bête ! j'oublie que ce sont des mannequins. *(Il replace les lances.)* Maintenant, ôtons mon paletot.

(Il se place sur le plateau auprès des mannequins, Fornigo et Fagotas fouillent vivement dans les poches du paletot.)

FORNIGO.

A moi la clef!

FAGOTAS.

A moi la bouffarde !

(Il la met à sa bouche et ils sautent tous deux à bas du plateau.)

JUPITER, effrayé.

Hein?... qu'est-ce que c'est?

FORNIGO.

Enfoncé le père Jupin !

JUPITER.

Ah! les scélérats!... mon propriétaire va me flanquer à la porte... Et mes dieux qui m'ont quitté... que me reste-t-il?

FAGOTAS.

Votre Olympe...

FORNIGO.

Que nous avons mis en goguette....

FAGOTAS.

Et qui revient poser pour vous.

SCÈNE V.

LES MÊMES, FANFAN, LIZA, et LES AUTRES ARTISTES en costumes mythologiques, puis LA PORTIÈRE.

CHOEUR.

De la plastique
Et de l'antique,
Nous accourons, amis joyeux.
Quoique assez gueux,
Dans not' boutique
L'on chante, on rit comm' chez les Dieux!

JUPITER.

Allons, les dieux sont de bons diables... Au tableau !

(Fagotas, Fornigo et les artistes montent sur le plateau et forment un tableau représentant le banquet des dieux. — Le plateau se met à tourner. — Après le premier tour, Fanfan poussé par Fagotas laisse tomber son broc, qui lui sert à figurer l'amphore de Ganimède sur la tête de Jupiter. — Celui-ci lui donne un soufflet. — Une querelle s'élève. — Tumulte.)

ALEXANDRINE, entrant par la droite et annonçant.

Le millionnaire!...

JUPITER.

Ah! ciel!... vite, à la pose!

(Tous les personnages reprennent leur immobilité. — Le plateau se remet à tourner et le rideau tombe.)

Huitième Tableau.

UNE CHEMINÉE PYRAMIDALE.

Le théâtre est partagé en deux. A gauche, un petit carré ouvrant sur les toits et des cheminées en pyramide. Dans la cloison, une porte donnant dans la chambre de droite occupée par Larifla.

SCÈNE PREMIÈRE.

LARIFLA, seule.

J'ai beau prêter l'oreille, écouter à chacune des sept serrures de cette affreuse porte, je n'entends rien !... et le temps s'écoule, et mon tyran va revenir!... Fornigo, être généreux, quoiqu'un peu timbré, qui peut le retenir? La lutte, les dangers auraient-ils épuisé ton amour ou ton courage?... aurais-tu caponné?... ah! ah! non!... non!...

(Chantant d'un air sentimental.)
Beau jeune homme, idole de mon âme!

(S'arrêtant.) Ah! j'aime mieux un autre air... quelque chose de rigolo... car vrai, je suis ici comme un corps sans âme... j'ai besoin de m'émoustiller un peu... de me rappeler mes jours de triomphe... justement, c'est lundi... grand jour à la Closerie des lilas!...

Air : *Saltarelle de Gastibelza.*

Ah ! du bal
C'est le signal,
J'entends
Les chants
De la saltarelle.
Après elle
A la polka,
La mazurka
On s'élancera !
Au hasard,
A deux on part,
Tous deux
Joyeux,
Et sans se connaître ;
Mais peut-être
En redowant
Le sentiment
Naîtra brusquement !
Hu !... hu !... hu !...
Mamzell' s'appelle ?...
— La baronne Adèle !
Hu !... hu !... hu !...
Pour la vertu
Quel tohu bohu ! —
Dar !... dar !... dar !...
M'sieur s'intitule ?...
— Marquis Cléobule !
Dar !... dar !... dar !...
Gar' les jobards
Et viv' les flambards !
J'ai vingt ans,
J'ai dix-sept francs
Versés,
Placés
Sur la banqu' d'Espagne,
Et je gagne
Cent francs par mois,
Qu'à mon garni je dois
Chaque fois.
— Seiz' printemps
Et des talents,
Voyez,
Jugez,
Qu'en dit son altesse ?
Un' jeunesse
A pour richesse
Et pour trésor
Son bel âge d'or !
Chaud ! chaud ! chaud !...
Voici le galop,
On se presse,
On fait comme l'*orchesse,*
Le cœur bat,
C'est un vrai combat
Où s'ébat
Le Dieu scélérat.
Fort, plus fort,
A mort,
Quel transport !
Dans la foule
On roule,
On déroule,
Et roulant,
Courant,

Galopant,
Quel chemin fait le sentiment !
On se plaît,
Déjà l'on fait
Plus d'un projet,
Projet d'amourette,
Et quand la polka finit,
On s'aime, on s'adore, on se l'est dit ;
A minuit,
Tous deux sans bruit,
Fumant
Gaîment
Une cigarette,
On s'en va...
Mais halte-là,
On vous dit zut !
On n' franchit pas l' Pruth !
Zon !... zon !... zon !... zon!...
Accourez à la Closerie,
Zon !... zon !... zon !... zon !...
Accourez, amis du piston !
Dar !... dar !... dar !...
Venez danser avec furie
Un air chicard
Du grand Musard
Ou de Maillart !

(Elle danse sur la reprise. Barberousse entre brusquement par une porte masquée.)

SCÈNE II.

LARIFLA, BARBEROUSSE.

LARIFLA, *s'arrêtant.*

Ah! c'est lui!

BARBEROUSSE.

Oui, c'est moi !

LARIFLA.

Mon subrogé tuteur !

BARBEROUSSE.

Ma subrogée pupille !

LARIFLA.

Par où êtes-vous entré?

BARBEROUSSE.

J'ai besoin d'entrer, j'entre, voilà !... le reste ne regarde personne.

LARIFLA.

Venez-vous pour faire une scène?

BARBEROUSSE.

Je viens pour t'épouser, friponnette.

LARIFLA.

Tâche!

BARBEROUSSE.

J'arrive de Beaugency avec nos papiers ; et en passant, j'ai commandé le repas de noces dans un endroit charmant... toute la maison y sera.

LARIFLA.

Vous ne me tenez pas encore... N'avez-vous pas juré de renoncer à ma main en faveur de l'être assez habile pour parvenir jusqu'à moi ?

BARBEROUSSE.

Tu as donné là-dedans !

LARIFLA.

Comment! auriez-vous abusé de mon innocence?... m'auriez-vous blaguée?

BARBEROUSSE.

J'étais sûr d'avance qu'il ne se trouverait pas un imbécile assez hardi...

LARIFLA.

C'est ce qui vous trompe... il s'en est trouvé un... un jeune homme qui est en train de me délivrer... je sais qu'il a déjà subtilisé à vos complices cinq ou six clefs...

BARBEROUSSE.

La septième me délivrera de ce rival... son affaire est toisée.

LARIFLA.

Comment?...

BARBEROUSSE.

Tu es charmante!... Si je te le dis, il n'y aura plus de surprise...

mais je suis tranquille... je l'ai cachée assez haut pour qu'il ne puisse l'atteindre.

LARIFLA.

Paix !

BARBEROUSSE.

Comment paix !

LARIFLA.

Un bruit assez étrange...

BARBEROUSSE.

Ce n'est pas moi !...

LARIFLA.

En effet ça vient de par là...

FORNIGO, *en dehors et chantant.*
Ramona ci, ramona là
La chemina
Du haut en bas !

BARBEROUSSE.

Je sais ce que c'est... c'est un ramoneur que je viens d'appeler dans la rue pour lui confier ma cheminée... un honnête savoyard... (*Fornigo en ramonant paraît au-dessus de la cheminée et saute sur le carré.*)

SCENE III.

LES MÊMES, FORNIGO.

FORNIGO.

Je tiens la septième !... la dernière !...

(*Chantant.*)
Larifla est à moi !...

LARIFLA.

On a prononcé mon nom.

FORNIGO.

Avertissons-la avec précaution de ma présence.

(*Il frappe de toutes ses forces à la porte.*)

BARBEROUSSE.

Il me semble qu'on a frappé.

LARIFLA.

Qui est là ?

FORNIGO.

C'est moi ! Fornigo !

LARIFLA, *avec joie.*

Ciel !

BARBEROUSSE, *avec fureur.*

Enfer !

LARIFLA, *regardant par le trou de la serrure.*

Ah ! qu'est-ce que je vois là ?

FORNIGO, *se regardant.*

C'est juste ! Je sors de la cheminée... une affreuse pyramide, où j'ai failli me casser le cou pour enlever cette clef que ton stupide tuteur y avait cachée...

LARIFLA.

Ah !... je savais bien que ce n'était pas un savoyard... j'avais reconnu sa voix.

BARBEROUSSE.

Et il s'était fait payer d'avance !

LARIFLA.

Fait au même, mon bonhomme !...

FORNIGO, *tirant de sa poche un trousseau de clefs.*
Air de *Léocadie.*
Allons,
Allons,
Délivrons ma belle,
Ouvrons,
Ouvrons,
Puis nous rentrerons.

LARIFLA.
Par là,
Déjà
Le bonheur m'appelle.
(*En faisant à Barberousse un geste de moquerie.*)
Volé
Volé,
L'amour a la clé !
(*L'orchestre joue en sourdine le milieu de l'air.*)

BARBEROUSSE.

Allez !... allez !... jeunes imprudents !...

FORNIGO, *ouvrant et comptant.*

Une !... deux !...

LARIFLA, *qui écoute.*

Trois !...

FORNIGO.

Quatre !...

LARIFLA.

Cinq !...

BARBEROUSSE.

Quand nous serons à sept nous ferons une croix.

ENSEMBLE.

Allons,
Délivrons / Délivrer sa belle.
Ouvrons,
Ouvrons,
Comme nous rirons !
Déjà,
Par là
Le bonheur m'/t' appelle.
Volé,
Volé,
L'amour a la clé !

FORNIGO.

Six !... Encore une, Larifla, et je vole à tes pieds...

BARBEROUSSE.

Volé !... volé !... hanneton !... vole, vole, vole !..

LARIFLA.

O ciel !... de quel air vous chantez cet air !.

BARBEROUSSE, *écoutant.*

Il met la clef dans la serrure... Va, mon petit ami... encore un tour !...

LARIFLA, *s'élançant à la porte.*

Fornigo !... arrête !... crains quelque mauvais tour au second tour !

FORNIGO.

Je brave tout pour tes beaux yeux ! Ah !... qu'est-ce que c'est que ça !... (*Un écriteau sort de la serrure.*) Une serrure... affiche !...

BARBEROUSSE, *saisissant Larifla par le bras.*

Une serrure Fichet contre les filous !

FORNIGO, *lisant.*

« Avis au public : On est prévenu qu'au troisième tour j'éclate. »

LARIFLA.

Ciel !

FORNIGO.

« Et que je renferme une bonne charge ! »

BARBEROUSSE, *à part.*

Une charge de gros sel... mais à bout portant...

LARIFLA.

Ainsi... s'il a le malheur d'ouvrir ?...

BARBEROUSSE.

Fricassé !

LARIFLA, *avec désespoir.*

Fornigo... cher amant !... n'ouvre pas !

FORNIGO, *à part.*

Il n'y a pas de danger.

LARIFLA.

Abandonne-moi à mon malheureux sort et n'expose pas les jours... Je te le défends... tends-tu !... tends-tu !...

FORNIGO.

Très-bien !

LARIFLA, *à part, changeant de ton.*

Comment très-bien !... Serait-il assez pleutre pour m'obéir ?

FORNIGO, *se prenant le menton et se plaçant immobile en face du public.*

Réfléchissons !

LARIFLA, *qui écoute.*

Il n'y va pas gaîment, c'est positif !

BARBEROUSSE.

Il canne... il canne !...

LARIFLA.

Ah!... les hommes!...

Air *de l'Actrice.*

« Sans ton amour, ô tendre amie,
Nous dit-on dans un bel élan,
« Je n'tiendrais pas plus à la vie
« Qu'au vieux pal'tot qu'j'ai mis en plan.
« Expirer aux pieds de sa belle
« Sur terre est-il un sort plus doux!... »
L'instant vient de s' périr pour elle,
On va dîner à trent'deux sous!

FORNIGO.

Envisageons la question sous une autre face!

(*Il tourne le dos et reprend sa pose immobile.*)

LARIFLA, *avec résolution.*

Mon tuteur!... vous êtes laid.

BARBEROUSSE.

Pas trop!

LARIFLA.

Vous avez un caractère insupportable.

BARBEROUSSE.

Je ne m'en suis jamais plaint.

LARIFLA.

Mais en revanche, vous êtes vieux et très-cassé... ça plaide en votre faveur.

BARBEROUSSE, *enchanté.*

Tu trouves?

LARIFLA.

Et comme tes jeunes veuves sont généralement très-recherchées... je n'hésite plus, j'accepte votre cœur et votre fortune!

Air : *C'est Lucifer.*

Ce Fornigo
Est vraiment trop nigaud,
Je l'méprise
Et l'agonise.
Oui, pour toujours,
J'dis bonsoir aux amours!
Emmène-moi,
Je suis à toi!

BARBEROUSSE.

Quoi! ta main?...

LARIFLA.

Je vous la donne.

BARBEROUSSE.

O bonheur! O sort fleuri!

LARIFLA.

Je n'veux plus aimer personne...

BARBEROUSSE.

Vrai moment d'prendre un mari!

FORNIGO, *se retournant brusquement vers le public.*

C'est absolument la même chose par là!

ENSEMBLE.

LARIFLA

Ce Fornigo, etc.

BARBEROUSSE.

Ce Fornigo
N'est qu'un sot,
Un nigaud.
Sa bêtise
Me favorise.
Oui, les amours
Vont embellir mes jours.
Son cœur, sa foi
Seront à moi!

(*Il sort par la droite avec Larifla pendant que Fornigo frappe à la porte.*)

SCÈNE IV.

FORNIGO, *seul.*

Cher ange!... ne t'impatiente pas... ça va venir!... Eh! oui!... que diable!... en risquant le paquet, qu'est-ce que je risque? de mourir... de laisser mes aventures sans dénoûment?... allons donc!

Air : *Voulant par ses œuvres complètes.*

Ici pourquoi ne serait-c' pas comme
Dans la pièc' d' la Port' Saint-Martin,
Où l'on voit pour son p'tit jeune homme
L'amoureus' mourir à la fin?
Quant tout à coup, grâce au génie
Qui distingue les deux auteurs,
Cette mort finit ses malheurs;
Car cette mort lui rend la vie.

SCÈNE V.

FORNIGO, BARBEROUSSE.

BARBEROUSSE, *passant sa tête à la porte du carré.*

Je viens d'emballer Larifla pour la Closerie; avant d'aller la rejoindre, faisons chasser cet imbécile...

(*Il disparaît.*)

FORNIGO.

Allons, du courage. (*Il met la main sur la clef.*) Prenons cependant quelques précautions.

(*Il se baisse et tourne la clef; aussitôt un pétard éclate, la porte de Larifla tombe et Barberousse, qui entrait à reculons par celle du carré, reçoit tous dans le bas du dos.*)

BARBEROUSSE.

Aïe!... au secours! je suis frappé au cœur!

FORNIGO, *qui est entré dans la chambre de Larifla et qui cherche partout.*

Larifla!... où es-tu?... nom d'un petit bonhomme!... elle s'est brisée!

FAGOTAS, *paraissant tout à coup.*

Viens, je te la ferai retrouver!

(*Ils sortent.*)

Neuvième Tableau.

LE PALAIS DE LARIFLA.

Au changement, tous les habitués, danseurs et danseuses, sont réunis; on entoure Larifla qui entre au bras de Fornigo, Fagotas les suit un cigare à la bouche.

SCÈNE PREMIÈRE.

FAGOTAS, FORNIGO, LARIFLA, Danseurs, Danseuses.

CHŒUR.

Air : *Larifla.*

Vive notre merveille,
La danseus' sans pareille!
C'est bien ell', la voilà!...
Oui, nous retrouvons là
Larifla fla fla!

LARIFLA.

Oui, mes amis, c'est moi!... Enfin, je vous retrouve, joyeux enfants de Balochard!

FORNIGO.

Balochard?

FAGOTAS.

Un père de famille du quartier.

FORNIGO.

Ah!... cristi!... que je suis heureux... ces bosquets, ces quinquets... je les remets parfaitement.

FAGOTAS.

C'est ici qu'après avoir piqué un somme de longueur, à ton réveil, Larifla t'apparut dans tout l'éclat de sa gloire!

LARIFLA, *se posant.*

Eh! allez donc!... hup!...

FORNIGO, *transporté.*

C'est ça... oh! comme c'est ça!...

LARIFLA.

Oui, cher Fornigo, ce que Fagotas vient de m'apprendre, ton dévouement, ton courage, tout cela m'a subjuguée... et, je le nierais en vain, je me sens à ton égard de l'*inclin.*

FORNIGO.

De l'inclin?...

FAGOTAS.

Un coup de soleil, un béguin, une toquade !

LARIFLA.

Mais je suis ferré sur les principes.

FAGOTAS, à part.

De la danse !

LARIFLA.

La mairerie ou du flan !... voilà mon caractère.

FORNIGO.

La mairerie !... cristi !... mais je la veux, je l'appelle... la mairerie... et du flan !

LARIFLA.

En ce cas, touchez là, petit.

(Elle lui tend la main.)

FORNIGO.

Et ton tuteur ?

LARIFLA.

Vst !

FAGOTAS.

Justement le voilà qui arrive avec tous ses convives... les locataires du numéro 7.

SCENE VII.

LES MÊMES, BARBEROUSSE, TOUS LES PERSONNAGES QUI ONT PARU DANS LES PRÉCÉDENTS TABLEAUX.

CHOEUR.

AIR : *Cocu, cocu, mon père.*

De not' propriétaire
Quand l'hymen va se faire,
Pour lui formons des vœux :
Il a tout pour être heureux !

BARBEROUSSE, boitant.

Je crois que j'aurais bien fait de mettre un cataplasme. (S'approchant de Larifla.) Chère amie... (Apercevant Fornigo.) Que vois-je !...

LA PORTIÈRE.

Fornigo !

LE COLOSSE.

Notre ennemi !...

LA VEUVE CANARI.

Le vôtre !

SÉMIRAMIS.

Celui de toute la maison !

LE COLOSSE.

Si nous lui faisions un mauvais parti ?

TOUS.

Oui, tapons... tapons !...

FAGOTAS.

Doucement... vous ne seriez pas en force.

BARBEROUSSE.

Tapez, tapez !... n'écoutez rien !

FAGOTAS, lui mettant la main dessus.

Le premier qui bouge, je vous force à vous asseoir.

BARBEROUSSE.

Non... non... je pardonne !... qu'ils se marient !... qu'ils aillent au diable ! Je donne congé à tous mes locataires... je mets la portière à la porte... et quant à toi... petit gueux...

FORNIGO.

Je me moque de vous... je tiens ma huitième merveille.

BARBEROUSSE, le prenant par la main.

Oui, une merveille de la Closerie des lilas !

FORNIGO.

Ah bah !... il se pourrait... comment !... ces bosquets ?... ces quinquets ?...

BARBEROUSSE.

Closerie des lilas !... mon bon !...

FORNIGO.

Ah !... ce n'était qu'une demi-merveille !

TOUS.

A table ! à table !

BARBEROUSSE.

Décidément, je vais mettre un cataplasme !

CHOEUR.

Larifla, fla, fla.

FORNIGO, au *public.*

AIR : *Les anguilles.*

De la merveilleuse féerie
Qu'on applaudit depuis deux mois
Vous avez vu la parodie ;
Tout fut parodié, je crois...
Moins pourtant un effet sonore
Qui se passe chez le caissier :
En ces lieux puissions-nous encore ;
Grâce à vous, la parodier !

(*Reprise du Chœur. — Apothéose comique. — Flammes du Bengale.*)

FIN.

www.ingramcontent.com/pod-product-compliance
Lightning Source LLC
LaVergne TN
LVHW012128170726
843501LV00008BC/3073